Katmandu
e outros contos

Anna Maria Martins

Katmandu
e outros contos

São Paulo
2011

global
EDITORA

© Anna Maria Martins, 2009

1ª Edição, Global Editora, São Paulo 1983
2ª Edição, Global Editora, São Paulo 2011

Diretor-Editorial
JEFFERSON L. ALVES

Gerente de Produção
FLÁVIO SAMUEL

Coordenadora-Editorial
DIDA BESSANA

Assistentes de Produção
EMERSON CHARLES SANTOS
JEFFERSON CAMPOS

Assistentes-Editoriais
IARA ARAKAKI
TATIANA F. SOUZA

Revisão
TATIANA F. SOUZA
ANA CAROLINA G. RIBEIRO

Foto de Capa
PRAYER FLAGS, SWAYAMBHUMATH TEMPLE,
KATMANDU, NEPAL, ASIA/GETTY IMAGES DO BRASIL

Capa
ANA DOBÓN

Projeto Gráfico e Editoração Eletrônica
TATHIANA A. INOCÊNCIO

Dados Internacionais de Catalogação na Publicação (CIP)
(Câmara Brasileira do Livro, SP, Brasil)

Martins, Anna Maria
   Katmandu / Anna Maria Martins. – São Paulo – 2ª ed. –
Global, 2011.

   ISBN 978-85-260-1517-3

   1. Contos brasileiros. I. Título.

10-08904   CDD-869-93

Índices para catálogo sistemático:

1. Contos : Literatura brasileira 869.93

Direitos Reservados
**GLOBAL EDITORA E
DISTRIBUIDORA LTDA.**
Rua Pirapitingui, 111 – Liberdade
CEP: 01508-020 – São Paulo – SP
Tel.: (11) 3277-7999 – Fax: (11) 3277-8141
e-mail: global@globaleditora.com.br
www.globaleditora.com.br

Obra atualizada
conforme o
**Novo Acordo
Ortográfico da
Língua
Portuguesa**

Colabore com a produção científica e cultural.
Proibida a reprodução total ou parcial desta obra
sem a autorização do editor.

Nº de Catálogo: **1443**

Eu gostaria de poder dizer que a literatura é inútil, mas não é, num mundo em que pululam cada vez mais técnicos. Para cada Central Nuclear é preciso uma porção de poetas e artistas, do contrário estamos fodidos antes mesmo de a Bomba explodir.

RUBEM FONSECA
"Intestino grosso", *Feliz Ano Novo*

à memória de Luís Martins

Sumário

Prefácio, 11

PARTE I

    Katmandu, 17

    A Herança, 25

    Contra-ataque, 37

    Fundo de Gaveta, 45

    Escanteio, 53

    Contagem Regressiva (fragmentos), 59

    Jó versus ECT (da série Jó e as Agruras da Vida Urbana), 73

    Jó no Super-market (da série Jó e as Agruras da Vida Urbana), 79

    Impotência (nada a ver com a sexual), 85

    Júri Familiar, 89

    Euforia e/ou declaração de amor a San Francisco, 93

PARTE II

    Uma Segunda-feira, 99

    O Rictus, 105

O Piloto, 113

Velhice, 119

Sua Excia. em 3D, 125

Jantar em Fazenda, 137

HD 41, 145

Decisão, 159

Colagem, 167

Posfácio – No foco, a precisão do instante – Cremilda Medina, 181

Os contos que integram a 2ª parte foram publicados em *A trilogia do emparedado* (Livraria Martins Editora) e *Sala de espera* (Edições Melhoramentos).

Prefácio

A variedade de formas assumidas pela narrativa curta no quadro da literatura brasileira contemporânea tem contribuído para a inegável projeção desse gênero de ficção no Brasil, dando lugar ao aparecimento de escritores cuja obra começa a ser devidamente valorizada entre nós e no exterior, não apenas por seus elementos acidentalmente diferenciadores, mas por significar, antes de mais nada, a fixação, no plano da arte, de um momento da condição humana. Contudo, há que reconhecer que o prestígio desfrutado pelo conto entre nós tem gerado muitos equívocos. Equívocos em que incorrem os aprendizes de contista, atraídos pela aparente liberdade do gênero, e boa parte da crítica que se vê atarantada ante as diferentes formas de expressão e o alargamento de sua temática. A falsa impressão de liberdade gerada por esse gênero proteiforme tem levado escritores a tentativas por vezes inconsequentes e críticos a indevidas valorizações do que não passa muitas vezes de projetos frustrados. Seria extremado pessimismo falar em crise da ficção, pois a pujança da narrativa nos dias atuais, representada por nossos melhores contistas, está aí aos olhos de todos para provar o contrário. Não obstante, somente os escritores que tiverem em mente essa ideia de crise, tomada a palavra em seu significado de "julgamento", "escolha", ou ainda, "tensão", "conflito", poderão cumprir a contento as exigências da criação e dar contribuição verdadeiramente original à ficção brasileira. É pois perfeitamente compreensível falar em crise, nesse sentido, como também é falar em agonia com a significação de "luta", tal como o faz Unamuno em seu célebre ensaio.

Esse sentido agônico da criação, de cuja consciência o escritor não pode jamais apartar-se, está na raiz da escritura de Anna Maria Martins, como o demonstra a sequência de seus contos reunidos em A trilogia do emparedado e outros contos *(1973),* Sala de espera *(1978) e* Katmandu *(1983). O ter começado a carreira literária com um livro que conseguiu, num momento florescente da narrativa curta brasileira, destacar-se entre os melhores, alcançando o pronto reconhecimento da crítica, impôs à escritora como que o dever de aprimorar as qualidades já entrevistas em seus primeiros contos. O que já era tendência natural da contista – a consciência de que, na arte da ficção, sobretudo a narrativa curta, a ausência de regras constitui, por si só, limitação e não liberdade desmedida – aguça-se, aumentando-lhe a capacidade de percepção de uma busca permanente tendo em vista a perfeita adequação dos elementos básicos da composição: tema, sintaxe narrativa e linguagem. A falta de harmonia entre essas partes, apesar de passar às vezes despercebida aos olhos do leitor, pode provocar o malogro da narrativa, reduzindo-a a um frouxo e inexpressivo exercício de composição literária.*

Quanto ao tema, a opção de Anna Maria Martins é clara e decidida: ela é a contista do nosso tempo. Presente já em seu primeiro livro, essa opção revigora-se no segundo e manifesta-se ainda mais afirmativamente nos contos de Katmandu, *a partir da epígrafe, colhida na obra de Rubem Fonseca, outro excepcional contista. Não tanto por preocupação de denúncia – pois dessa forma a literatura rivalizaria com a simples reportagem documental – mas por entender que um dos papéis da arte é ir além da camada aparente das coisas e buscar exprimir a verdade que se esconde atrás dela, a autora empreende a desmontagem do edifício erguido pela sociedade de consumo, que reduz o homem à condição de número, inteiramente subjugado a valores que tornam mais aguda sua alienação num mundo supostamente arquitetado sob o signo da comunicação. Sem recorrer ao tom apocalíptico, a escritora disseca, por vezes de modo quase asséptico, esse mundo em desagregação, no plano social e individual, pondo assim em evidência o drama do homem contemporâneo. E o faz retratando situações* em que se patenteia um desajuste entre os personagens e os valores vigentes. É esse momento de lucidez do personagem, por assim dizer, que a contista consegue fixar e transformar em matéria-prima de suas narrativas.

A sintaxe narrativa – a estrutura propriamente dita – destes contos se harmoniza perfeitamente com o tema, como se cada um deles fosse conduzido a partir de seus próprios elementos internos. Ora é o personagem-narrador que mergulha em seu mundo íntimo trazendo à tona o que permanecia submerso, desconhecido, dentro de si, como, por exemplo, em "Katmandu", ou expressa seu desajustamento num doloroso ritual que se repete, como em "Júri familiar", duas significativas situações em que se processa como que uma descoberta do ser e de sua verdadeira identidade; ora é o devassar, por meio de um narrador discretamente situado, como no caso de "A Herança", de um mundo sombrio, absurdo – como em contos de Poe – mas nem por isso menos verdadeiro. O recurso da intercalação de diferentes planos, no interior dos contos, a autora o emprega sem quebrar a unidade das narrativas, valendo-se da transposição ou do flashback, com propriedade e eficácia. Sente-se em cada um destes textos um ritmo narrativo próprio que lhes assegura a pulsação interna essencial para sua qualificação como criação artística.

No âmbito da linguagem, a contista inova sem recorrer a extravagâncias, na medida em que usa com equilíbrio formas da fala comum, incorporando-as ao amplo processo da elaboração do texto como um todo. Poder-se-ia dizer que a simplicidade exemplar que ressuma destes textos é alcançada graças ao emprego de uma linguagem enxuta e desprovida de artifícios. Há um tom predominante a caracterizar a atitude de espírito e, consequentemente, a forma de expressão da escritora – o realismo crítico. Este supõe não só capacidade de observar o mundo com olhos críticos, mas também contenção no plano da linguagem, que implica, por sua vez, rigor na escolha das palavras para o eficaz registro das diferentes situações. Deriva, pois, daí – do ajustamento entre temas, estrutura narrativa e linguagem – o toque de modernidade que permeia estes contos. Modernidade que não quer dizer adesão a modismos, mas expressão renovada e revitalizada.

Não há, pois, como passar pelas páginas deste livro de Anna Maria Martins sem ser atingido por um sentimento de inquietação – inquietação que costuma causar no leitor as manifestações de arte que se afirmam como testemunho das angústias de nosso tempo, retrato da condição humana. É por meio desse espanto, dessa estranheza que o homem chega ao conhecimento de si mesmo. A essa forma de ficção, o leitor não pode ficar indiferente, porque é ela que lhe revela, paradoxalmente, o lado mais verdadeiro das coisas.

NILO SCALZO
julho, 1983

parte I

Katmandu

à memória de Fábio Montenegro, autor de
relevante trabalho sobre a alfabetização no país

> *Ah, Katmandu Katmandu, quem te*
> *ignorava que não mais te ignore.*
> Krisha (Nepal, 1971)

Gap foi a palavra. Outra não me serviu. Abertura fenda brecha diferença hiato lacuna. Nenhuma me satisfez. Era *gap* mesmo.

– Você é muito fresca com essa sua mania de usar palavras estrangeiras. Nosso idioma é riquíssimo, haja vista a palavra "saudade" (desculpe o exemplo tão óbvio) que não se traduz.

– Mas nenhuma traduz *generation gap*. – O meu eu irritadiço e desarrazoado recusou-se de imediato a entrar nessa de riqueza vocabular, equivalências, expressões substitutivas e outras que tais. O eu mais sensato ainda tentou argumentar. Dei-lhe um golpe rápido e traiçoeiro: ele amoitou.

Solto, e sem ter quem lhe contra-argumentasse, o outro, o desarrazoado, insistiu na *generation gap*. E sua irritação desenvolveu-se em elucubrações infindáveis: causas, teorias, estatísticas, pesquisas, efeitos na vida cotidiana, o difícil relacionamento, os exemplos à mão. E por aí afora. Foi se desamarrando. Antes que se soltasse de todo, dei-lhe um puxão com firmeza. Voltamos à base e, momentaneamente, nos equilibramos.

Minha irritação não é visível a olho nu ou em primeira instância. Grande prática em disfarces, eu tenho. Trata-se de uma simuladora, concordamos. O autocontrole, esticado às raias da exacerbação, ao observador mais arguto deixa apenas entrever leve rigidez muscular. A máscara moldou-se gradualmente ao comando oral. Dócil, dispensei chicote ou ferro em brasa. E não recusei o pequeno torrão de açúcar. Sou da geração prensada. A que cresceu no fundo do quintal – perdão, retifico, muitas vezes fui chamada à sala de visitas para receber o já mencionado torrão. Mais tarde, voluntariamente me retirei do *living*: o baseado revira-me o estômago. E ainda não aprendi a viver em comunidade.

– Deficiência e azar seus – não tem mesmo complacência esse eu que se presume sensato e analítico. Está sempre me pegando no pé, desculpe, na cabeça. – E ainda por cima ingrata. Se esquece (ou finge) que foi com eles que aprendeu a curtir sua comidinha natural, sua ioga, seus *jeans*, sapatilhas, rosto lavado, incenso e outras coisinhas. Demorou, mas chegou lá. E a música, então?

– Ah, seja justo. A música acompanhei *pari passu*.

– Não me venha com essa. Você continua curtindo as mesmas. Isso que você ouve, para eles já é memória. Arquivo, saudosismo. Estão noutra há muito tempo. E o que me diz da sua reforma de base, ein? Admita que se conseguiu se descartar, em uns 30%, de suas máscaras, sua rotulagem a priori, seus pequenos remorsos cotidianos, deve a eles. Vamos, admita.

Calada, eu procurava uma das técnicas alijatórias de assuntos desagradáveis, em que sou mestra. Trata-se de um desvio sub-reptício, rápido e eficiente. Mas não houve tempo. Enquanto eu hesitava entre as três que reputo as melhores, ele seguiu me encurralando.

– Como foi que você se desobrigou (sem aquele remorsinho incômodo) de ir a todos os aniversários, casamentos e morte do clã? Ein? Ainda vai a todas as bodas de prata ou de papel?

– Chega. Você tem raz...

Disposta a entregar os pontos e ele nem me deixou concluir.

– Tenho razão sim. Lembra-se do último casamento (o do sobrinho nº 3), a grande reunião degluto-festiva do clã? Você chegou a se vestir inteira: a máscara impecável, os metais reluzindo, a seda escorregando suave. E a pelica rangia à medida em que você se equilibrava nos saltos de 7 centímetros. Pronta para sair. Quando foi dar uma última olhadela no espelho, se lembra? e viu de perto aqueles cílios pesados de rímel, a sombra azulada nas pálpebras, você não aguentou. Hoje não danço nesta tribo, você disse, eu faço a minha tribo e só danço quando quiser. Arrancou tudo: máscara, roupas, sapatos, coleira dourada, os pequenos aros reluzentes. Tudo. De rosto lavado, flutuando na túnica solta, foi preparar o seu chá (aquelas misturinhas que você gosta de fazer, variando as ervas). Desencavou de uma pilha de discos, em homenagem aos noivos, a *Marcha Nupcial* de Wagner e ficou sentada, tranquila, ouvindo a música e saboreando o seu chazinho. Está lembrada?

— Estou. Chega. Pode erguer o troféu. Mas, por favor, agora chega.

— Apenas uma última sugestão: *playback*. Vamos voltar ao momento em que você abriu a porta.

Voltamos.

Cigarro e incenso. Quando abri a porta, a fumaça bateu espessa em meu rosto. Foi se esgarçando à medida em que, parada na soleira, narinas ardidas e olhos lacrimejantes, eu tentava identificar contornos. À luz fraca de um único foco, pernas, almofadas, braços e copos foram-se criando. Oi, eu disse. Oi, eles responderam. Firmei a vista e entrei. No segundo passo (quando pulava uma perna) esbarrei num copo: o líquido se espalhou em meu pé, na almofada e no chão. Cerveja. Dedos grudentos e a irritação saltando bruscamente de um 2º estágio para o 10º, peguei um lenço. Merda. Que esse filho da puta pusesse o copo no chão tudo bem, mas tinha que deixar logo na entrada? Enquanto tirava a sandália e enxugava o pé, como medida preliminar para desaquecer a raiva, me concentrei na música. Milton. Pé descalço e outro calçado andei até o banheiro, atenção firme em *Maria Maria*. Na rápida passagem pelo quarto, nem a voz do Milton conseguiu desviar meus olhos da cama: um caos. Ah, por que não voltei na segunda-feira como havia planejado? Não tinha nada que antecipar a volta, só por causa de uma reles chuvinha. Ficasse lendo, ouvindo música. Olhando o mar pela janela. E me chatearia menos.

Um banho de chuveiro, prolongado, limpa meu corpo da cerveja e do cansaço. Detergente contra o mau humor? Enrolada na toalha, à espera de um efeito talvez retardado, fico me entretendo em criar *jingles* tipo Lave-se com sabonete *Hilariante* e sorria em qualquer circunstância ou Só a ducha *Sorrisão* produz o jato que lava a sua chateação. E por aí afora.

Cabeça agora trabalhando num *outdoor* anti-irritação de rápida eficácia (a fórmula do produto peço depois ao apresentador risadinha) ouço duas batidas leves e meu nome. Enfio um roupão e abro a porta, não muito, o suficiente para dar de cara com um braço estendido, a mão segurando uma xícara. Sem pires.

— Fiz um chá pra você. Posso entrar? Não pus açúcar mas se você quiser vou buscar.

Me entregou a xícara, foi entrando. Passou pela cadeira — a mala aberta em cima — pela banqueta da penteadeira, sentou-se na cama. Em meio a um bolo de cobertas e lençóis amarfanhados.

— Fez boa viagem? A gente não sabia que você ia voltar hoje.

Não era um tom de desculpa, constatação apenas. Os olhos claros firmes nos meus, fisionomia tranquila. Barba à la Cristo, rosto alongado idem. Cabelos um pouco mais curtos. Tomei um gole de chá e resolvi me sentar na banqueta da penteadeira. Continuei bebendo, devagarinho, o líquido quente descendo gostoso por minha garganta ressecada.

— Não se preocupe com a pia da cozinha. Depois a gente lava a louça. Resolvemos fazer uma comidinha, estava todo mundo com preguiça de sair. Krisha cozinha muito bem. Morou um ano em Katmandu com uma família de camponeses. Eles saíam para a lavoura, ela cuidava da casa e da comida.

Fui tomando o chá e tomando conhecimento dos dotes culinários de Krisha e de suas andanças pelo Nepal. Ah, Katmandu Katmandu, quem te ignorava que não mais te ignore.

– Vou buscar mais um pouco – pegou a xícara vazia que eu tinha colocado sobre a penteadeira. – Sem açúcar. Já vi que você gostou. O açúcar estraga o sabor do chá. Volto logo.

Pensando nas montanhas do Nepal, aproveitei para acabar de enxugar o cabelo, a essa altura quase seco. Quando ele voltou, trazendo a xícara e um violão, desliguei o secador.

– Quero que você ouça esta música. Fiz ontem à noite. Krisha já estava quase dormindo. Ela só consegue dormir ouvindo música.

Põe a minha mala no chão, senta-se na cadeira.

– Aqui está bem. Assim posso tocar melhor.

Os acordes se encadeiam, límpidos. E a letra fala de grão, semeadura, amor e ciclos de morte e vida. Em espaços rurais e telúricos as imagens se cruzam, fundem-se: uma opção de vida.

Corcéis retesados as cordas empinam, e meus olhos se prendem a esse cavalgar seguro. Som de vento e sussurro de crina, as cobertas da cama movem-se em ondulações coloridas. O risco azul da manta, agora estreito rio fendendo a terra. Cavalgo vales e promontórios, desço à planície e me sento à beira do rio.

Ele continua tocando. Já não fala em semente e semeadura. Apenas toca. Acompanho o movimento de seus dedos, desço os olhos por seus *jeans* puídos, as sandálias gastas. Ergo a vista: os olhos azuis me encaram com limpidez e alegria, a cabeça oscila levemente ao ritmo da música.

Na cama as cobertas amarfanhadas, no chão a mala por desfazer, roupas espalhadas, cinzeiros repletos e copos sobre a penteadeira. Vou registrando, com tranquilidade, a desintegração do meu espaço organizado, e acho que esse pequeno caos não tem a menor importância.

Amanhã ponho as coisas em seus devidos lugares, dou ordem em tudo, e a vida retoma seu curso. Isto é, retomo o meu curso.

A Herança

Era de uma textura mole, escorregadia. As mãos em concha, os dedos apertados, consegui segurá-la. Com imenso cuidado coloquei-a dentro do cofre. A massa ainda sangrava. Pelas frinchas desciam filetes que se espalhavam em pequenas poças. Apanhei rápido uma toalha e envolvi o cofre. Inclinei-o para que o sangue se escoasse todo, e esperei. Quando só restava a massa, ainda um tanto rósea mas já não mais boiando em sangue, tranquei o cofre. Enxuguei com outra toalha e passei uma flanela. Na terceira gaveta da cômoda, no fundo, embaixo de algumas roupas, guardei o cofre. Comecei então a limpeza do quarto. O sangue havia se entranhado nas fendas e o trabalho de esfregar foi árduo e longo. Terminei exausto. Depois foi a vez de minhas mãos: ficaram feridas tanto as esfreguei. Me deitei, fechei os olhos, e quando dei acordo estava de novo com a massa nas mãos, recomeçando a guardá-la, recomeçando tudo. Era de uma textura mole, escorregadia. As mãos em concha, os dedos...

— Isso você já me contou. Agora gostaria que relatasse como realmente aconteceu.

— Ele me disse: conto com você. Não posso entregar este serviço a qualquer um, há traidores por toda a parte, já não sei até onde vai a lealdade dos nossos e eles se infiltram por tudo, sabotam o que fazemos, deturpam o que dizemos, são uns filhos da puta, uns marginais, merecem mesmo é pancada e bala. Preciso de você. Sim, eu disse, estou pronto. Descemos. Quando ele abriu a porta, recuei. Devo também ter mudado de cor, porque ele me encarou de frente, o olhar duro, e falou: deu pra cagão agora, seu maricas? Me recompus e entramos. Uma golfada azeda subiu até a minha garganta. Engoli. Antes que ele me chamasse de cagão outra vez. Eu era um homem frio, estava acostumado, via coisas todos os dias. E tomava parte, é claro. Não que gostasse. Eu não sentia prazer naquilo, como muitos. Era o meu trabalho. Hoje que sou um homem de ideias, que raciocino com lucidez e isenção, hoje eu sei.

– Homem de ideias?

– É isso mesmo. O que você acha que eu fiz nesses dez anos, desde que vim para cá? Passei dias e noites lendo e estudando. Tive que aprender muito antes de conseguir entender os livros do Professor. Naquela época, eu pensava pouco e me expressava mal. Hoje raciocino com lucidez e me expresso com facilidade. É só questão de me organizar mentalmente, de ordenar as ideias. Se ainda me perco, de vez em quando, é por causa do cofre.

– Do cofre?

– É. Mas disso falamos depois. Eu dizia que hoje sei que não importa de que lado eu estivesse, teria que aceitar as regras do jogo e cumprir ordens. Quando a gente mergulha num trabalho tem que ir até o fundo. Voltando àquele dia, ou melhor, quer que eu retroceda um pouco e tente começar uma ou duas semanas antes?

– Você é quem sabe. Não quero interferir na organização das suas ideias.

Imediatamente me arrependi da última frase. Ele me olhou desconfiado, esquivo. Procurei corrigir logo: – Tenho uma porção de perguntas, mas acho melhor você ir falando à vontade, à medida em que as lembranças vêm vindo. Você é quem sabe quando e o que vale a pena contar.

Ele ainda estava desconfiado. Agora era preciso muita cautela. Qualquer indício de ironia que eu deixasse escapar, tinha a certeza, estragaria o meu trabalho. Onde é que eu estava com a cabeça, meu Deus? Burrice injustificável, depois de tanta espera, tanto empenho para convencê-lo a me receber.

Tentei nova abordagem: – Seu depoimento é muito importante. É história. As pessoas querem saber como os fatos realmente ocorreram. Você pode nos ajudar. Esteve por dentro de tudo. Dez anos já dão um certo distanciamento, alguma perspectiva. Estamos recolhendo depoimentos das pessoas principais. Você é uma delas.

Puxou a cadeira um pouco para a frente e me encarou firme. De perto. Enfrentei o olhar e esperei. Esferográfica largada sobre o bloco, ofereci-lhe um cigarro e peguei outro para mim. Fumamos.

– Bem – ele prosseguiu, só depois de ter fumado o cigarro inteiro – a situação andava tensa naqueles últimos meses, o descontentamento pipocando por todos os lados, os intelectuais indóceis, pondo as mangas de fora, querendo isso e aquilo. E o Chefe uma fera, perdendo as estribeiras. Quem pagava eram eles, é claro. Mas com o Professor só aconteceu mais tarde, quase no fim. Até hoje não consigo entender porque foi poupado durante tanto tempo. Isto é, poupado é maneira de dizer, porque com ele o Chefe usava esquemas diferentes. Ninguém encostava a mão no Professor, tudo era na base do interrogatório e da humilhação.

– Humilhação?

– Moral. O Professor tinha uma compostura que irritava o Chefe. Ele queria que o Professor se ajoelhasse, urinasse nas calças, tremesse como qualquer um. Havia sujeitos que mal viam o Chefe entrar, já começavam a se desmontar. O Professor não. Tinha qualquer coisa que o segurava por dentro; ele encarava o

Chefe de frente com os olhos escurecidos pelas olheiras fundas. Só falava quando perguntado. O Chefe então arquitetava planos: vou desestruturar esse filho da puta, ele dizia, se esse professorzinho de merda pensa que vai continuar em pé me olhando desse jeito está redondamente enganado, a qualquer hora ele se esfarela. Vai ser uma implosão fantástica (o Chefe tinha assistido à implosão de um edifício e ficara empolgado, nessa semana era a terceira vez que se utilizava da imagem). É isso mesmo, o professorzinho não perde por esperar. Só se referia ao Professor como o professorzinho, professorzinho de merda, bostinha pensante. Algumas vezes eu tinha a impressão de que o Chefe passava a noite tramando, urdindo coisas, porque assim que chegava descia para falar com o Professor. Venha comigo, ele dizia, vamos ver como é que o professorzinho se comporta hoje. E então mal entrávamos

Parou e virou a cabeça para a direita. Uma servente, material de limpeza em punho, passou pela varanda e entrou no saguão. Ele se voltou para mim, olhos assustados e fisionomia apreensiva. Falou baixo:

– Me dá licença um instante. Preciso ir verificar o cofre. Não me demoro.

Antes que eu tivesse tempo de abrir a boca, levantou-se e saiu apressado. Atravessou a varanda quase correndo (estávamos numa das extremidades) entrou no vestíbulo. Será que ele volta logo? ou será que nem volta? cogitei já com certo pessimismo. Pensei em ir revendo minhas anotações, mas achei melhor deixar isso para depois. Resolvi esticar as pernas. Me levantei, saí da varanda e comecei a andar pelo jardim. Sem perder de vista a porta por onde ele entrara.

Realmente a demora não foi longa, uns quinze minutos talvez. Retomamos nosso lugar no canto do terraço. Esperei.

– Me desculpe – falou em tom ainda baixo. Deu uma espiada para os lados, puxou a cadeira para mais perto e olhou para mim. – Todo o cuidado é pouco. Viu aquela moça que passou com um balde e pano de limpeza? Sempre que pode arranja um pretexto para entrar em meu quarto. Outro dia, quando abri a porta, ela estava ao lado da cômoda. É por isso que nunca saio daqui. Não posso me descuidar do cofre. Se eu pudesse deixar a porta trancada, ficaria mais tranquilo. Mas não posso.

Seus olhos se turvaram, a fisionomia adquiriu um aspecto de desalento e ele imergiu num mutismo que achei conveniente respeitar.

Dessa vez quem me ofereceu cigarro foi ele. Fumamos.

– Me lembrei de uma coisa – falou de repente, quando eu já estava pensando que não ia conseguir mais nada. – Há uns dois ou três anos a filha veio me procurar. Não costumo receber visitas e detesto estranhos, mas com a filha do Professor era diferente. Eu queria e ao mesmo tempo não queria conhecer a moça: tinha medo. Magra como o pai, a mesma cor de olhos, o mesmo jeito de encarar a gente. Tudo sobre aqueles últimos meses, foi o que me pediu. Era muito menina quando aquilo aconteceu. Agora precisava saber. Não me olhou com raiva, não fez nenhuma acusação. Só perguntas, muitas perguntas. Ela foi a única pessoa, até hoje, para quem mostrei o cofre.

– E você contou tudo?

– Eu podia? Acha que eu podia? – irritado e em tom mais alto. – Como é que eu ia contar certas coisas justo para a filha dele? Sabe – baixou de novo a voz – eu olhava para ela e via o Professor (aqueles olhos afundados nas olheiras, o queixo afilado, os ossos cada vez mais se exibindo) e a moça ali perguntando, falando, quero saber preciso saber não tenha receio, estou pronta para ouvir tudo. Eu não conseguia dizer uma palavra, o peito apertado, o aperto subindo, até que não aguentei mais. Tentava disfarçar, virava a cabeça, fingia que estava olhando para outro lado. Se me vissem naquele estado, me levariam dali, e eu não queria que isso acontecesse. Então a única coisa que me ocorreu e que consegui dizer foi: venha ver o cofre.

Fez uma pausa. Parecia exausto. Fixou os olhos úmidos num ponto distante do gramado. Quieto, respirando fundo. Achei melhor também ficar calado, e esperar. Depois de um tempo que julguei demasiado longo, ele falou:

— Ela não me deixou abrir o cofre, foi firme: não faça isso, não quero. O cofre em cima da cômoda, nós dois ali, olhando. Recomecei a chorar. Não se aflija, ela me disse, já vou. E andou em direção à porta. Segurei a moça pelo braço: por favor, não diga que fiquei assim, vão me encher de remédios, não preciso mais disso. Ela foi tirando o braço, devagar, virou-se e me olhou de frente: está bem, fique tranquilo. Adeus. Depois que ela saiu, continuei no quarto até a hora em que me chamaram para jantar. Comi pouquíssimo. E não aceitei convite para jogo, nem quis ficar me distraindo com qualquer programa de tevê. Estou cansado e com sono, falei. Mas sono é que eu não tinha de jeito nenhum. Passei uma noite terrível. Sentado na cama, minha cabeça e a parede fundiam-se numa tela que me exibia imagem sobre imagem. Eu estava agitado demais. Fazia muito tempo que não me sentia assim.

— A visita da moça com certeza prov

Ele atalhou rápido, seguro: — Claro. Que mais podia ser? — e logo prosseguiu: — A moça, o Professor e o Chefe saltavam da minha mente para a parede, da porta para um canto do armário, a cada momento mudavam de lugar. E os acontecimentos voltando, massacrando minha cabeça com terrível dor. Olhos ardidos, eu reconstituía cenas: vá buscar a que trouxemos ontem, o Chefe mandou, garanto que o professorzinho vai gostar. E traga também uns três ou quatro livros dele. Quando cheguei com Camila (era assim que ela se chamava, me lembro bem porque sempre gostei deste nome, se eu tivesse uma filha seria Camila), o Chefe já estava lá com mais dois. Luzes acesas, os focos preparados, tudo pronto. O rosto do Professor de pálido-amarelado passou a verde, sua pálpebra direita começou a tremer em pequenos espasmos. (Mais tarde eu soube que Camila era a aluna admirada, a predileta, aquela em quem um mestre joga tudo). Tiveram que arrancar as páginas dos livros e ir espalhando pelo assoalho até formar uma espécie de colchão, bem no centro. O Chefe mandou que os dois se despissem. Comandava as posições e ia dizendo: anda logo seu frescote de merda ou quer que meus homens façam o serviço? Os dois corpos no chão sobre as folhas, focos em cima, nós ali à volta. Dessa vez o Chefe desestruturou mesmo o professorzinho, como ele dizia. Foi a primeira crise. Daí em diante os nervos do Professor se arrebentaram com uma rapidez incrível.

Tomou fôlego. Andou até a amurada do terraço e ficou olhando para fora, o olhar um tanto vago. Depois de algum tempo voltou e retomou o assunto.

– Como eu disse, foi uma noite infame. Aquelas pessoas a noite inteira no meu quarto. Na parede, na janela, no armário. Eu me levantava, elas iam atrás. Houve um momento em que me vi no chão, no lugar do Professor, rolando, embolado em outro corpo. Camila me segurava, me prendia pelos pulsos com uma força espantosa. Eu me debatia, lutava. O rosto dela, bem junto ao meu, foi se transformando numa fisionomia séria e vigilante e uns braços pesados me imobilizaram ao chão. A última coisa que vi foi um sapato branco a um palmo do meu nariz. Não sei qual a dosagem, nem quanto tempo dormi. Só sei que depois passei dias e dias sonolento, o raciocínio embotado. Não foi fácil, mas me recuperei.

Pediu um cigarro (os dele tinham acabado) e ficou fumando, a cabeça um tanto inclinada, os olhos fixos no chão. Minutos depois, voltou-se para mim:

– Preciso ir ver o cofre. E já está quase na hora do jantar. Falei muito, estou cansado.

– Você me ajudou bastante, foi ótimo – eu disse rápido, antes que ele se levantasse. – Mas se pudesse me dar apenas mais cinco ou dez minutos, seria um favor. Gostaria que ainda me falasse sobre aquele dia.

– Detesto falar sobre esse assunto. É doloroso. Me perturba muito.

– Eu sei e peço desculpas, mas você é a única pessoa que pode dar uma versão exata dos fatos.

Ele continuou sentado, o que já considerei uma vitória. Não perdi tempo e prossegui:

– Não estou querendo forçar, mas tente encarar como uma espécie de obrigação. Só você pode esclarecer certos fatos.

Quieto, o olhar parado em meu bloco de anotações, ele demorou a se decidir: – Bem. Vou tentar.

Esperei.

– Naquele dia, depois que descemos e o Chefe percebeu como fiquei abalado e me chamou de cagão, ele me perguntou: acha que pode fazer o serviço sozinho? Claro, eu respondi, estou pronto. Creio que a cor já tinha voltado ao meu rosto, mas o gosto azedo continuava. Fui engolindo uma saliva grossa que teimava em me encher a boca. O Chefe então disse: quando a sala estiver limpa, o corpo encaixotado, tudo pronto, você me avisa. Não se preocupe com o resto, as outras providências eu mesmo tomarei. Antes de sair, o Chefe parou junto à porta e falou: não consegui conter meus homens, não precisavam chegar a tanto. Não sei porque ele me disse isso, não costumava me dar explicações. Entendo, eu respondi, para dizer alguma coisa. Quando ele saiu, tranquei a porta, me encostei na parede e fui olhando aos poucos, devagar, o corpo enrodilhado no chão, pernas e braços encolhidos, a carne terrosa, roxa. Sujeira e sangue. No corpo, no chão, por tudo. Fiquei parado sem saber como começar. Não conseguia tirar os olhos da cabeça arrebentada que os dois braços ainda seguravam. Saí e subi para respirar. Mas não fiquei muito tempo lá fora. Se eu tinha que fazer o serviço, era melhor fazer logo. Fui pensando no que ia precisar, peguei baldes, escovas, panos, todo um arsenal de limpeza. Carreguei para baixo. Por último levei o caixão, um pequeno caixão de alumínio. O corpo do Professor pouco espaço ocuparia. Peguei pelas pernas e arrastei o corpo para um lugar menos sujo. Uma gosma desceu pelo canto esquerdo dos lábios e escorreu para o pescoço. No crânio a fenda era profunda e eu precisava trabalhar com cuidado para que a pasta úmida não escorregasse para o chão. Foi quando me veio a ideia do cofre. Tranquei rápido a porta e subi em busca de um. Levei o cofre para baixo, e só então comecei realmente a limpeza e a separação. A massa ficaria comigo. Era de uma textura mole, escorregadia, as mãos em concha, os dedos apertados

— Isso você já me contou — interrompi. — Quando você terminou e avisou o Chefe, para onde ele mandou levar o caixão?

— A massa ainda sangrava. Pelas frinchas desciam filetes que se espalhav

— Já sei. Você já me falou sobre isso — interrompi de novo. — Quero saber o que aconteceu depois. Depois que você terminou o serviço.

— Inclinei o cofre para que o sangue se escoasse todo, e esperei. Quando só restava a massa

Tentei ainda algumas vezes, mas já não consegui mais nada. A voz monocórdia repetia-se, girando em meus ouvidos. E não parou nem mesmo quando desisti, me levantei, e me despedi. Fui caminhando pelo terraço, a voz atrás:

— No fundo, embaixo de algumas roupas, guardei o cofre. O sangue havia-sentranh nasfend eotrabalh desfreg

Já na saída, olhei para trás. Tive a impressão de que seus lábios ainda se moviam.

Contra-ataque

Manual de guerrilha urbana. Sentada na poltrona verde, a mais cômoda, folheio o manual e encontro o que desejo. Agora sim. Depois de um mês mais ou menos fora de órbita – muito mais do que menos – consigo concentrar a atenção em um texto. Escolhi este. É disto que preciso. E, uma vez de posse de todas as informações, é só me manter alerta. Em vigília constante. Já que optei por ficar, tenho que estar preparada.

Encarei duas opções: mudar para um lugarejo tranquilo, ainda não infestado, ou permanecer e me armar. Optei pela última.

Comecei então os preparativos e procurei fazer as coisas de maneira organizada. Já consigo raciocinar com certa frieza, até mesmo com uma espécie de raiva que me incita a imaginação. Ninguém vai me apanhar desprevenida. Ah, isso não. Nunca mais. Examinei as possibilidades sob todos os ângulos. Para cada ângulo, uma defesa. Sem brechas. Não posso desprezar o mínimo desvão. Haveria infiltrações. E a capacidade deles, técnica, planejada, é infinita. Bifurca-se em ramificações inesperadas. Sempre em guarda, minha palavra de ordem.

Consegui o manual com um ex-militante meu amigo. Tinha me visto na fase aguda, indefesa emocionalmente, acovardada, estremecendo ao menor ruído. Esperou que eu me equilibrasse um pouco, e apareceu com o livro.

– Isto talvez te ajude. São táticas testadas. Úteis para qualquer morador de grande metrópole – sorriu. – Você pode experimentar algumas. Recomendo os capítulos sobre defesa e contra-ataque.

Meu livro de cabeceira, o manual. De quando em quando releio algumas passagens. Como agora. Procuro a informação de que necessito e complemento com poder criativo. Minha inventiva não tem limites. Imaginação delirante é o que venho exigindo. Engendro artifícios, pequenas *contraptions* tipo tecnologia japonesa/ consumo americano. E vou por aí afora arquitetando defesas: armas adequadas a situações específicas; detectores de ínfimos ruídos, gravadores *pin-size*, microdetonadores, defensivos de química sofisticada, catapultas que, à mais leve pressão, remetem o assaltante direto ao Deic. Enfim, minha inventiva não tem limites.

Mas antes que prossiga nessa enumeração, quero me referir ao fato. Ao que deu origem às precauções. Corriqueiro, diga-se de passagem. Acontecendo diuturnamente dezenas de vezes: um homem invade um domicílio e aguarda a vítima. Noite ou dia pouco importa. O que importa é a presa incauta.

O caçador é paciente. Durante dias e dias espreita a caça. Verifica horários, hábitos, companhias. Esmiúça sua vida. É organizado. Computa informações, que anota em pequeno caderno. Por ordem alfabética. A presa em potencial passeia sua despreocupação. Não cogita do bote próximo, iminente. Acuada em seu próprio refúgio, se humilha. Acovarda-se.

(A caça antes e depois

Antes: não se poderia dizer que fosse um paradigma de coragem, mas o medo não entrava em suas cogitações. Não pesava em seus horários, compromissos, local ou distância. Depois: sob os lençóis e cobertas, em posição fetal, ouvidos aguçados ao mais leve roçar. À luz diurna, destranca a porta, sai, movimenta-se o estritamente necessário. Ao entardecer, munida de provisões, entoca-se até a manhã seguinte.   )

Quase sem limites a minha covardia. Digo quase porque não cheguei a extremos de, por exemplo, ajoelhar e implorar: não, por favor não, pelo amor de Deus não. Ou coisa semelhante. Talvez porque, com o cano do revólver em minha nuca, eu não me pudesse virar. Mas, com bastante esforço, falar eu conseguia. Ainda tenho duas pulseiras, ofereci, e também mais dinheiro. Não queria dar a impressão de estar escondendo alguma coisa. Dólares não, juro que não. Uma bandeja de prata? Esta é pequena, fácil de carregar. Desculpe, pensei que tivesse algum valor, é prata inglesa autêntica. Mas eu não tenho mais nenhuma joia, nenhum objeto de ouro. Desculpe. O senhor escolheu mal, entrou em casa err

– Cale a boca. Só responda quando eu perguntar.

Rápida pressão em meu pescoço. O frio do cano descendo, chegando às pernas. A vista escura, o coração aos pulos. Estendo a mão direita em busca do apoio mais próximo, respiro fundo. A nuvem negra passa. Recomeçamos a andar de um lado para outro. Gavetas abertas, armários vasculhados. Recebo ordens e imediatamente obedeço. Muda. (Cale a boca, ele me disse.) Perco a noção de tempo.

A porta ainda escancarada, desabo na poltrona verde. Passo os olhos à minha volta: gavetas e armários abertos, papéis jogados, objetos no chão. Quero chorar, o choro não vem. Tenho forte acesso de frio. Ajoelho no tapete, maquinalmente vou apanhando coisas e colocando sobre a mesa. Gestos rápidos, frenéticos. Quando quebro um cinzeiro e tudo começa a me cair das mãos, o choro vem. Forte, violento. Encolhida na poltrona, sacudo os ombros, deixo vazar a tensão.

Agora, nesta mesma poltrona verde, a mais cômoda, folheio o manual e me preparo. Estou tranquila. Pronta para qualquer eventualidade. Quanto ao mecanismo de defesa, quero apenas me referir a mais dois tópicos: carro e portas de entrada.

Carro: esguichadores de água quente nos vidros da frente, de trás e laterais. Quando abordada na rua, seja por vendedor de jornais, de limões, flanelas ou o que quer que seja (um assaltante disfarçado?), aperto rapidamente um botão e a água esguicha fervendo. O que impede a aproximação.

Portas de entrada: imenso visor, à prova de bala, em cada uma. E pequena metralhadora assestada em base fixa, mas com livre jogo de movimentos.

Prendo as barras de ferro, que seguram as portas de uma extremidade à outra. Com as janelas não me preocupo: têm grades todas elas. Estou tranquila. Pronta para qualquer eventualidade.

— ... um passou de raspão, o outro foi fatal. Quando a ambulância chegou, ela já estava morta.

— Você está enganado. Ela morreu no hospital. Ainda tentaram uma cirurgia de emergência.

— Mas, segundo me disseram, o gerente é que foi levado para o hospital.

— Não. Não foi preciso. Ele sofreu apenas arranhões. Foi medicado lá mesmo.

— Como é que você sabe?

— Meu primo é funcionário do Banco. Viu tudo. E quase leva as sobras. Foi um verdadeiro pandemônio. Por isso é que as primeiras notícias saíram um tanto desencontradas. Os jornais de hoje já dão uma versão mais exata.

— Quantos homens?

— Não se sabe ao certo. Parece que cinco entraram no Banco. Dois carros esperaram na porta, e um terceiro estacionou um pouco mais longe, dando cobertura.

— Não entendo a reação do gerente. Eles recebem ordens para não reagir.

— Ficou nervoso, apavorou-se. Sei lá. Como é que a gente pode prever a reação humana em determinadas circunstâncias? O caso é que um dos assaltantes descontrolou-se e começou a atirar.

— E ela? Onde estava?

— Ao lado do gerente. Falando com ele, quando os homens entraram. Foi tudo muito rápido. A polícia chegou depois.

— Como sempre.

— Mas parece que já conseguiram algumas pistas. E verificaram que ela já havia sido assaltada há alguns meses. Dentro de casa.

Fundo de Gaveta

Agora qualquer besteira que eu escreva passa a ser genial. Menos para o veadinho, é claro; muito atilado, não embarca em qualquer canoa. Por isso eu o respeito. Ele é forrado de erudição. E quando a nata pensa que descobre alguém e esse alguém vira moda, ele já leu tudo desse fulano há pelo menos cinco ou seis anos. Vargas Llosa, por exemplo. Quando ninguém falava a seu respeito e a literatura latino-americana jazia sepulta en la mas negra ignorancia, o veadinho conhecia "La Casa Verde" tão bem quanto ou melhor que o próprio autor. Um parênteses para que não subsista nenhum equívoco: falo veadinho com a maior ternura. Para começo de conversa, não tenho preconceito algum contra veados; muito pelo contrário, sempre me dei bem com eles. E quando topo com um de cérebro assim privilegiado fico exultante. Minha admiração não tem limites. Além do mais, se cheguei onde estou agora, devo a V.V. (é como se assina). Não seria justa se dissesse que foi ele quem me descobriu, mas a bem da verdade devo dizer que seu artigo foi minha plataforma de lançamento: varei o espaço subdesenvolvido e fui pousar suavemente em território alienígena; com incursões ulteriores por capitais as mais diversas. Houve época em que senti por V.V. uma gratidão delirante. Tudo que eu fizesse me parecia insuficiente como demonstração de reconhecimento. Eu queria fazer mais, muito mais, e então ficava imaginando coisas e situações: eu, de joelhos, durante horas, segurando imenso tratado de 945 páginas para que V.V. pudesse ler sem se cansar; eu, batendo a máquina, noites e noites sem parar, quebrando unhas e ferindo dedos, para que V.V. não perdesse tempo em datilografar seus trabalhos. Mas isso foi uma fase. Passou. É espantoso como a gente muda com o decorrer do tempo e ao sabor das cirscunstâncias. Hoje não só não sinto a menor gratidão como chego muitas vezes a ter raiva de V.V. Quando passo dias, semanas, sem um momento de tranquilidade; quando sou obrigada a me deslocar de um lugar para outro e a conhecer gente, que pergunta e pergunta e continua perguntando, por mais monossilábica que eu possa ser. Nessas ocasiões sinto raiva de V.V. É ele o responsável por minha fama. E não meu editor; que se beneficia dela, é claro, e tolo seria se não o fizesse. Sou agora seu prato forte, sua *pièce de résistence,* sua viga mestra.

Inúmeras vezes me tenho perguntado: por que, como tantos outros, não fui esquartejada e lançada à malta faminta? Só encontro o acaso como resposta. Embora forrado de erudição, repito, e escudado em vasta bibliografia referencial, V.V. é imprevisível. Nunca se sabe quem – e porque – irá cair em suas graças. Dá razões, é claro; mostra por a + b, transcreve trechos, analisa, exemplifica, esquadrinha, vira a obra do avesso. Faz misérias. Mas, essas mesmas razões aplicadas a obras de igual valor (ou que assim nos parecem, a nós os desavisados) produzem resultado diverso. Releio, vez ou outra, recortes da pilha que acumulei quando V.V. ainda era meu ídolo. Não perdia um artigo seu. Cheguei mesmo a pregar alguns nas paredes de meu quarto, formando desenhos, como fazem as jovens com retratos de seus ídolos de cinema ou tevê.

Hora marcada, compromisso inadiável, guardo apressadamente o caderno.

Pensamento ainda em V. V., entro no carro e saio. Para a última entrevista, creio. Tenho dados de sobra. É só escolher e preparar a matéria.

Quanto a meu editor, como já disse, sou agora seu prato forte, sua *pièce de résistence,* sua viga mestra. Entrou no jogo sem maiores compromissos, mais assim na base de achar a coisa pitoresca, um tanto divertida talvez. Sei que a princípio nem por um instante lhe passou pela cabeça a ideia de me levar a sério. O que o intrigava era o fato de que uma moça bem-nascida, bem-educada, bem estruturada (comprimida num cerco de uns noventa e tantos itens constritores), conseguisse escrever histórias de beira de cais, com cenário, cor local, personagens, falas, situações, enfim, tudo o que se poderia esperar de qualquer escritor. Menos dessa. Mal sabia ele, e provavelmente não sabe até hoje, que para ser escritor é preciso sujar as mãos, como diz um amigo meu. Enfiei as minhas no lodo até o fundo, desde o começo. Revolvi miasmas e detritos. E a sociedade rósea a que pertenço (ou pertenci, não sei) me olhou com inquietação e espanto. Exagero ao dizer inquietação; curiosidade seria o termo mais adequado. A sociedade rósea jamais se inquieta. Nesse burgo inculto, onde as preocupações primordiais eram o carteado e as vultosas negociatas no mercado cafeeiro, onde três ou quatro intelectuais davam murros em ponta de faca, meu primeiro livro surgiu como uma excrescência. E assim teria permanecido, não fora o artigo consagrador de V.V. Outros vieram, mas o de V.V. puxou a fila. Meu editor exultou; e no ano seguinte, ao manusear as primeiras traduções publicadas, me disse:

— Eu sabia que seu livro seria editado no exterior. Sempre acreditei em sua literatura — sério, sem a menor ponta de ironia.

— É claro que você sabia — meu tom de voz idêntico ao dele, ou tão parecido quanto consegui.

Interrompo novamente a leitura. Tenho urgência em terminar a matéria para a revista e, em vez de trabalhar, gasto tempo com este caderno. Situação do mercado editorial. Publicações, editores, autores. Ecdótica (problemas referentes a). Levantamento amplo e detalhado, foi o que me encomendaram. Entrevistei: escritores – do jovem inédito ao congelado medalhão; editores – do falido ao próspero açambarcador de *best-sellers*; críticos – do tímido cordial ao demolidor contumaz; capistas, planejadores, gráficos. Dados em mãos, falta-me apenas digerir e ordenar a matéria. Mas volto ao caderno.

E desde então fui envolvida num crescendo ficcional sem pausas. Meu editor exigindo sempre, nossos diálogos nessa base:

– Quando você entrega?

– No próximo mês.

E no mês seguinte: – Já está pronto?

– Ainda não.

– Falta muito?

– Não sei.

Às vezes perco a paciência: – Se você continuar me pressionando deste jeito, não entrego nem daqui a um ano.

E ele me deixa em paz por uns quinze ou vinte dias. Nos fins de semana, quase sempre, desce para o litoral, me apanha em casa na manhã de sábado. – Vamos para outras plagas – ele me diz e acelera o BMV rumo ao Guarujá. Gosta de dar a impressão de que temos um caso. Não me importo: isto nada me acrescenta, nada me tira. Andamos pela praia, parando de quando em quando em alguma barraca, para descanso e bebidinhas. Faz questão de me mostrar a seus amigos. Cabelos longos, bigode farto, imenso medalhão de prata balançando e reluzindo à medida em que caminha...

— Telefone para você. E da editora.

— Diga que estou ocupada, por favor.

Estou terminando a reportagem. Ligo para lá daqui a pouco.

à medida em que caminha, quer saber minha opinião a respeito de tudo, principalmente quando chego de viagem:

— Você viu o filme desse novo diretor? E que tal a encenação daquela peça? Compro os direitos de publicação do último livro dele ou você acha que esse escritor já não vende?

Se vamos a uma reunião não consigo conversar durante muito tempo com qualquer pessoa que eventualmente me interesse. Trazendo fulano ou sicrano para me apresentar, ele está sempre a meu lado, absorvente, dono.

Cogitações dessa ordem, pensamento em *boomerang* (editor/V.V.), paro a leitura. Me concentro na reportagem.

Telefono para a revista, digo que a matéria está quase pronta, peço que aguardem um pouco mais; uns últimos retoques e entrego.

Fecho o caderno, guardo-o onde estava. No fundo da gaveta. (De onde não deve sair – antecipo-me a V.V.)

Escanteio

Andou a esmo pela casa. Sentia-se completamente deslocada nesse dia. Nem mesmo em seu quarto conseguira permanecer. Risadas e gritos atravessavam as paredes e a porta, foguetes pareciam escolher o teto de seu quarto para estourar. Saiu pela porta dos fundos, fez a volta pelo jardim e deu uma espiada na rua: deserta. Nenhum eventual responsável pelo foguetório. De onde viriam os malfadados rojões? Essa mania do brasileiro de tudo comemorar arrebentando os tímpanos. Por que somos um povo tão ruidoso? Não era à toa que ouvira perguntas irritantes quando estudou na França. *Est-ce vrai que là-bas on ne peut pas dormir au mois de Juin?* (Aquele *là-bas* mexia-me com os nervos. Dois anos explicando meu país a meninas totalmente infensas a qualquer geografia que não fosse a própria.) Não era verdade, não. Podia-se muito bem dormir. O barulho não era tanto assim. Ou talvez por ser mais moça eu não me incomodasse... Mas que os fogos eram mais cintilantes e menos ruidosos, disso tenho certeza. A rodinha presa ao cabo da vassoura se desfazia em luzes coloridas, o movimento rápido emitindo um silvo rouco. Que não feria os ouvidos de ninguém. Agora só explosões, tudo comemorado a bombas. O protesto, a euforia. Nem bem o gol se arma, e o mundo parece desabar em ruído e fumaça. E o absurdo dessas torcidas fanáticas. Como me irritam. O "Timão", o "Curintians", carros em disparada, motoristas bêbados, as bandeiras freneticamente balançadas na cara da gente. Tenho medo. Passei pelo Pacaembu num domingo, em final de jogo. Apavorada e muda. E meu neto exultante: o Corinthians acabara de vencer. Corintiano roxo, ele, os irmãos, essa meninada toda. Que diria Bonifácio, se fosse vivo, vendo os nossos misturados a essa cafajestada, comemorando aos berros, insultando os outros? Nem quero pensar. Bonifácio gostava de futebol, e até que gostava muito. Não perdia jogo do Paulistano. Conhecia muito bem alguns jogadores. Mário de Andrada, Friedenreich, Sérgio, Formiga, Netinho. Mas era tudo tão diferente. Em profissionalismo ninguém falava e não se vendia jogador como carne em açougue, como se faz hoje em dia. E a peso de ouro. Acho um absurdo.

Passou rente à janela aberta da sala e um porra putamerda, o Jorge Mendonça não podia ter perdido esta bola, estourou em seus ouvidos. Ainda bem que Bonifácio está morto, ele jamais iria admitir o linguajar destes meninos, aqui dentro, na frente das irmãs, da mãe, de quem estiver perto. É inconcebível. Quanto a mim, me calo. A casa já não é minha, e se os pais não se importam, não sou eu quem vai se intrometer nisso. Fico em meu canto cuidando de minha vida. Bonifácio tinha razão quando dizia: o duro não é viver, é sobreviver. A gente vai engolindo tudo, empurrado garganta adentro; caso contrário, fica de lado. Será que hoje não vai ter novela outra vez? A semana toda esta amolação de futebol. Por que não antecipam o horário da novela?

Camiseta colada, calça atarrachada aos quadris (como é que esta menina consegue respirar?), a neta surgiu na porta lateral, oi você bem que podia providenciar um café pra gente agora no intervalo, tá legal? Tava sim, tava. Não estava mesmo fazendo nada, pelo menos se ocuparia em alguma coisa.

Entrou com a enorme bandeja, xícaras, bule, açucareiro e o indefectível adoçante, que essa gente já não põe mais açúcar em nada. Ossos à mostra e sempre com medo de engordar. Um dos rapazes afastou cinzeiros repletos de tocos, copos com restos de coca-cola, de uísque, e de uma outra bebida avermelhada que ela não identificou, e abriu espaço para a bandeja. Em meio à fumaça e escassez de luzes, tentou reconhecer as pessoas. O som dos comerciais, acrescido das conversas, causava-lhe certo atordoamento. Procurou se concentrar no que se dizia a seu lado, em voz um tanto baixa:

– ... literalmente arrebentado. Irreconhecível.

– E depois os filhos da puta se irritam quando a imagem lá fora não é tão limpinha como eles querem que seja.

– Quando vi o estado em que ele ficou, quase vomitei.

– E os sacanas ainda têm o desplante de dizer que não existe, que é invenção da gente.

– Tenho a impressão de que ele não se levanta mais daquela cama.

– Terrível. Seria uma perda irreparável.

Afastou-se para servir café aos que estavam na extremidade oposta da sala. Preocupada. Quem seria esse fulano que não ia mais sair da cama? Que tinha seu neto a ver com essa gente e em que estaria metido agora? De alguns anos para cá só trazia aflições à família. O mais inteligente, o mais capaz, e em vez de estar trabalhando como o irmão – de paletó e gravata num cargo bem remunerado – estava sempre às voltas com trabalhos avulsos, sempre redigindo sabia-se lá o quê, rodeado de uns cabeludos de calças rancheiras. Atravessou a sala de volta e apanhou o fim da frase:

– ... loucos para que a gente ganhe. Pelo menos durante algum tempo, vão manter o povo anestesiado.

– Claro. Na euforia da vitória, qualquer reivindicação passa para segundo plano.

Recolheu as xícaras vazias, pegou a bandeja. Estava começando o segundo tempo.

Na copa, lavando as xícaras, alguns minutos mais tarde ouviu os gritos de alegria e o estrondo dos rojões. Conseguia-se, finalmente, o primeiro gol. É, suspirou, com certeza hoje não vai ter novela outra vez. Passam o videoteipe do jogo, na certa.

Contagem Regressiva
(fragmentos)

Parei o carro na calçada oposta ao edifício. Amarelo-ocre, esparramado horizontalmente. De rua a rua. Portões abertos e a visão do pátio e dos terraços alongados. As colunas. Agora sólidas por pouco tempo. Homens cruzando-se atarefados, obedecendo ordens, instalando dispositivos. Muita precisão. E no momento exato, nuvem de poeira, pó acumulado lentamente assentando-se ao chão. Do lado esquerdo a capela, vitrais coloridos, canto gregoriano, missas, bênçãos, confissões, meninas ajoelhadas, Dom José orando, pregando, oficiando. Em cima a torre, ambição máxima, prêmio ao bom comportamento, acesso obtido por sorteio em tardes de quermesse. A íngreme escadaria da torre. Chegava-se arfante ao topo. Engolia-se o vento, a vista da cidade e do mar. Por sorteio ou bom comportamento as escolhidas conquistavam a torre.

Na extremidade direita o refeitório amplo. Em cada mesa dez meninas. *Attention, mes enfants*. A mestra de disciplina obteve logo a nossa atenção. Fazíamos uma algazarra tímida, meio chocha, em clima tenso. Alguma coisa muito grave pairava no ar, no colégio, nas casas, na cidade, havia meses.

– *Mère* Jane tem um comunicado muito importante a fazer.

A Madre Prefeita entrou hirta, mais séria do que quando chamava a aluna à sala da Prefeitura e a mandava sentar na cadeira à sua frente.

— Minhas filhas, o mundo está vivendo um momento extremamente grave. Arrebentou a guerra na Europa. Precisamos de muita oração. Vocês vão voltar para suas casas. Seus pais virão buscá-las. O colégio permanecerá fechado durante algum tempo. Avisaremos quando for possível o reinício das aulas. Se saírem de Santos, peço que vocês levem os livros e cadernos, vão repassando as lições. E não se esqueçam de rezar muito pela paz mundial. *Merci, mes enfants*.

Um zumbido indagativo e amedrontado, vozes veladas, acabamos o almoço quase em silêncio. Setembro de 1939. Não tivemos primavera.

Da calçada oposta, observo a movimentação dos operários. Ao amanhecer do dia seguinte, tudo deve estar pronto. Andam com rapidez e comprimem-se em círculo. Cada vez mais cerrado. Fundem-se em um só homem. Um homem alto, de óculos, trazendo pela mão uma menina. Sorriu e cumprimentou a *soeur* que estava junto ao portão vigiando a entrada das alunas. A menina agarrou sua mão com força, ainda não fizera seis anos. O homem a carregou, amassando sua saia engomada de fustão branco, entortando o laço de sua faixa rosa. A menina se sentiu um pouco mais segura e prendeu o choro. Meu pai atravessou o jardim, entrou no vestíbulo e me pôs no chão, à frente de *Mère Prefecte*. Apertei os lábios. A Madre Prefeita abaixou-se, passou a mão em minha cabeça:

— *Et bien qu'est ce qu'il y a, mon enfant?* Vamos conhecer o colégio. Papá vem conosco.

Passamos pelo *parloir*, por um largo e infindável corredor, entramos em algumas salas de aula, fomos até a capela. De volta ao vestíbulo, antes que eu tivesse tempo de reagir, meu pai me beijou e disse:

— Às quatro e meia venho te buscar.

Caminhou rápido em direção ao portão. Não me deixe, por favor não me deixe, eu quis gritar. Muda, vi meu pai se afastando. Referência cortada, sangrei em silêncio a dolorida amputação.

As janelas marrons agora imensos olhos vazados na extensão ocre. Já haviam sido retiradas as portas e janelas. Vendidas certamente como material nobre. Construtores disputando madeira lavrada, caixilhos, portais de ferro. A espessa porta da capela. Estava aberta quando a fila dupla se aproximou. Disciplinadamente fomos ocupando nossos lugares nos bancos. Aturdidas, sem saber até que ponto nos atingia essa guerra, íamos repetindo as palavras de *Mère Prefecte*. Orávamos por uma paz que só viria cinco anos mais tarde.

Nesse dia não voltamos de bonde – o especial que nos apanhava às sete e vinte da manhã e nos trazia de volta às cinco da tarde. Percurso: São Vicente-Conselheiro Nébias e vice-versa. Ia parando em quase todos os pontos. Uma *soeur* nos acompanhava (falem baixo, sentem-se direito, façam menos barulho). Saímos mais cedo nesse dia, cada aluna levada por algum parente avisado para ir buscá-la.

Me desvencilhei da faixa vermelha, do uniforme, dos sapatos e meias. Espalhei-os pelo quarto. De vestido caseiro e sandálias desci. Meu pai nos esperava. Os meninos também já estavam em casa.

– Dentro de uns dois ou três dias, vocês vão para a fazenda com sua mãe e ficam lá até o começo do ano. Ou até quando eu achar que vocês podem voltar.

Minha irmã impassível, em expectativa. Os meninos de olhos brilhantes: férias por tempo indeterminado, cavalo, pescaria, ribeirão. E, principalmente, nada de estudo.

Fiquei em pânico: – Mas ainda estamos em Setembro. Quantos meses vamos ter que ficar fora de Santos? E as provas de fim de ano? E minha audição de piano em Novembro?

— Nem se cogita disso. Coisas gravíssimas estão acontecendo e você me vem falar em audição de piano.

— Mas como é que nós vamos passar de ano, se não fizermos os exames finais? — Pouco me importavam os exames, eu pensava era em Paulo. Quatro ou cinco meses sem ver Paulo. Essa perspectiva negra se abatia sobre mim e eu explodia em perguntas e argumentos que sabia falsos.

— Tudo isso é secundário. Acontece que no momento vocês não podem ficar aqui — de incisiva a voz passou a melancólica. — Gostaria de ir com vocês, mas preciso cuidar dos negócios. Irei sempre que possível. Amanhã sua mãe vai tomar as providências para a viagem.

Uma das providências, além da compra de passagens e arrumação de malas, era um telefonema para "Ao Anjo Barateiro". Minha mãe desfiava imensa lista de mercadorias, que eram despachadas para a fazenda. Chegavam uns quatro ou cinco dias depois de nós, e abrir os caixotes constituía alegre ritual. Mas isso já não me interessava. Só Paulo me interessava. A voz de meu pai foi se tornando lenta, melodiosa. Era o som de *Moonlight Serenade*. Jantar dançante no Clube XV, onde eu punha em prática o que aprendia nas aulas de dança. Com Paulo naturalmente. Parceiros eventuais, sem importância os outros. A orquestra local repetindo Artie Shaw, Glen Miller, Benny Goodman. De quando em quando éramos brindados com uma orquestra mais sofisticada, de São Paulo ou do Rio. E uma vez por mês o clube apresentava um cantor de sucesso: Pedro Vargas, Agostin Lara, Elvira Rios. Mas do que gostávamos mesmo era de música norte-americana, *Deep Purple, Sentimental Journey*. Dezenas de outras. Passávamos fins de semana e feriados tirando letras de fox. Ouvíamos o mesmo disco repetidas vezes e íamos anotando a letra. Meu inglês, já não tão incipiente; desempenhava importante função extramuros escolares. *Sentimental Journey*.

Foi forte a colisão. O fusca freia, a Honda inflete para a direita, bate no muro, rodopia. As rodas ficam girando no ar. O rapaz estatelado no chão, aparentemente sem ferimentos, apenas tonto. Mas tão logo se levanta, investe contra o motorista do fusca.

– Filho da puta. Precisava me fechar desse jeito? Viu o que você fez? Droga. Eu podia ter morrido. Vai me pagar o conserto da moto, claro que vai. Cachorro, filho da puta.

Trânsito parado, gente aglomerada, o guarda afastando os curiosos. Bastante amassado o fusca, a motocicleta inteiramente arrebentada.

Paulo passava pelo colégio na hora da saída, sempre que podia. Vinha numa Philips. Eu estava louca por uma, iria ganhá-la no ano seguinte. Na ocasião tinha uma bicicleta Dupá. Boa, mas inferior à Philips.

Nesse dia Paulo não passou pela Conselheiro Nébias. Veio até o José Menino mais tarde, quase na hora do jantar. Eu estava no portão. Tinha certeza de que ele viria. Saí. Dei como pretexto a necessidade de apanhar um caderno em casa de Anna, no fim da rua. Fomos até a Praça Washington. Paulo encostou a Philips na mureta do orquidário, estava sério e calado. A praça quase vazia, o orquidário já fechado àquela hora. O ar morno, opressivo, e em minha garganta um aperto que eu procurava disfarçar. Essa guerra que eu não entendia, que me inundava a mente de sangue e morte, que irrompia em minha vida e me tirava de casa. E me tirava Paulo. Só nos vimos cinco meses mais tarde.

Um apito do outro lado da rua e os operários fazem uma pausa para o almoço. Pegam as marmitas e se acomodam como podem.

Engoli o café às pressas naquela manhã, deixei pela metade a fatia de pão com manteiga. Aflita. Não queria de modo algum perder o bonde especial. Depois de cinco meses voltávamos ao colégio. Passamos de ano sem fazer os exames finais, levadas em conta as notas obtidas até a suspensão das aulas. Fui quase correndo para a esquina, minha irmã atrás (calma, hoje não estamos atrasadas, temos tempo de sobra).

Assim que o bonde parou, vi Helena me fazendo sinais: havia guardado lugar a seu lado. Além – ou apesar – do parentesco tínhamos muita coisa em comum, éramos amigas. Foram talvez excessivos os abraços e beijos porque *soeur* Marie logo nos disse:

– *Et bien, mes enfants, ça sufit maintenant.*

Endireitei as costas e me sentei em posição adequada a *une jeunne fille bien rangée* – como diria Simone de Beauvoir. Voltei-me ligeiramente para o lado de Helena, tanta coisa a conversar, e comecei a fazer perguntas periféricas me aproximando em círculos do centro: Paulo. Eu não o vira desde o ano anterior e estava ansiosa por notícias.

Helena interrompeu meus rodeios. Estivera com Paulo na véspera (morava em São Vicente bem perto de sua casa) e eu podia ficar tranquila: ele iria nesse mesmo dia encontrar-se comigo à saída das aulas. Respirei, emocionada e feliz.

Verdadeira festa a volta ao colégio. O Velho Mundo se estraçalhava, nós deslizávamos alegres – muita patinação nesse último ano de ginásio. E jantares dançantes, festinhas, aulas de sapateado, torneios de tênis. Alheias à fornalha europeia, cujas fagulhas dentro em breve nos atingiriam, acompanhávamos inconscientes o desenrolar dos fatos. Fragmentos de conversa à mesa – os adultos apostando sobre avanços e recuos – algumas notícias de rádio ou jornal. Cuidávamos mesmo era dos preparativos para a formatura.

Quanto a mim, com essa fidelidade irritante (e algumas vezes prejudicial) a pessoas, lugares, princípios, continuava apaixonada por Paulo. E com as mesmas amigas: Anna, a de todos os momentos e de uma vida inteira; e Helena, que mais tarde fui perdendo aos poucos: um casamento no exterior pouca oportunidade lhe dava de voltar ao Brasil.

Paulo eu também perderia – e em que circunstâncias, meu Deus – mas isso tudo ainda estava por vir. O Velho Mundo se estraçalhava, e para uma jovem do outro lado do Atlântico, esse ano só trazia alegrias: a bicicleta Philips tão desejada, a medalha de prata por boas notas, o *cordon d'honneur* (prêmio ao bom comportamento, até então nunca obtido), a pulseira de ouro como presente de formatura. E o principal: o namoro firme com Paulo. Embevecida. Foi como terminei o ano.

A mulher alta e loura vinha depressa e pisando duro. Deu uma parada brusca, olhou para o imenso edifício de portões escancarados, os operários em movimento do outro lado da rua, e seguiu seu rumo. Era sanguínea e esbranquiçada como Frau Gerda. Um pouco mais alta, talvez.

Frau Gerda fora buscar um livro não se demorou. Voltou pisando duro, seus sapatos ressoando no assoalho sem tapete. Puxou a cadeira com ruído, sentou-se ao meu lado e falou:

– Os submarinos alemães puseram a pique mais um navio brasileiro.

Os olhos de Frau Gerda brilharam. Ela não riu abertamente, apenas um repuxar de lábios para a esquerda. Sem dizer uma palavra, baixei a cabeça, comecei a ler *Die Lorelei*. Arrebentando de raiva. Não continuo com estas aulas de jeito nenhum. Minha irritação era tanta, que eu tropeçava nas palavras. À medida em que lia, ia procurando uma desculpa. Agora. Tem que ser agora. Sem consultar ninguém. Me armei de coragem.

– Sinto muito, Frau Gerda, mas vou ter que parar com as aulas. A próxima será a última.

Não esperava por isso. O olho azul espantado, os lábios mal se abriram: – *Warum?*

— Porque vamos viajar. Não sei quanto tempo ficaremos fora.

A cara de espanto e desapontamento quase me fez acrescentar: assim que voltar procuro a senhora. Mas a raiva ainda era grande. Afinal de contas, ela não tinha o direito de tripudiar sobre o meu patriotismo. Ficasse quieta. Tivesse a delicadeza de não tocar no assunto, e as aulas prosseguiriam como sempre. Era uma excelente professora e eu estava interessadíssima. Já me via voando alto: ao meu alcance toda a literatura alemã, no original. Mas não. Tinha que me provocar e estragar tudo. Terminamos a aula sem nenhuma cordialidade. À saída Frau Gerda me disse:

— É uma pena. Você estava indo tão bem.

Na semana seguinte voltei para a última aula. Já não havia animosidade. Só constrangimento. O olho azul, o tempo todo, fixo em meu caderno ou nos livros. Quando nos despedimos, me encarou:

— Se você quiser recomeçar, me procure.

— Está bem – eu disse – assim que puder.

Desviei o olhar para a porta, aflita para sair. Quanto mais rápido terminasse, melhor.

Frau Gerda segurou meu braço com firmeza, seus gestos sempre fortes e bruscos. Afrouxou os dedos e me abraçou:

— Temos tanta coisa para estudar, para ler juntas. Espero que você volte logo.

— Assim que puder – repeti.

O vestido preto exalava suor e mofo. Narinas ardidas, fui me afastando devagar. Não queria parecer insensível ou grosseira. Mas, com jeito, eu me desviava rumo à porta, pensando: qual a finalidade de exibir essa viuvez? Ela podia ao menos usar uma blusa branca. À espera do bonde, ainda consegui vê-la: um vulto negro movendo-se junto ao portão.

O mesmo vestido preto, ou outro semelhante, vi muitos anos mais tarde sobrando num corpo descarnado. Frau Gerda sobreviveu. À falta de alunos, à hostilidade dos vizinhos, à animosidade geral. Encontrei-a no mesmo bairro, num quarto de pensão. Vendera a casa para se manter. O olho azul recoberto por uma película esbranquiçada, o rosto flácido, agora sem tom sanguíneo. Acinzentado. Em certo momento, levantou-se lentamente, apanhou o livro de textos literários, gasto, alguma folhas se soltando. Me entregou:

– Quero que você fique com esta lembrança minha.

Abri numa das páginas marcadas. *Die Lorelei*. Li bem alto para que ela pudesse ouvir.

O operário fechou a garrafa térmica e a marmita, embrulhou restos de pão, e colocou tudo numa sacola de plástico. Continuou sentado, a cabeça encostada na parede.

Feito em casa e de macarrão era o pão que comíamos. Já não se conseguia comprá-lo pronto. A escassez de farinha obrigava a imaginação a recursos vários. Começávamos a sentir os efeitos da guerra. A gasolina também foi desaparecendo e os primeiros monstrengos a gasogênio nos assustavam nas raras vezes em que saíamos à noite. Estávamos em *black-out*. Nossa cidade não se podia dar ao luxo de ficar iluminada depois das oito. Dentro de casa acendíamos as luzes, mas cada janela era recoberta por um pano negro. Vedadas todas as frestas. Durante o dia a vida seguia, com restrições, seu ritmo costumeiro. Na chegada da noite vinham o medo e a insegurança. Eu olhava para aqueles panos pretos amortecendo as luzes, um cenário fantasmagórico, e me batia uma tristeza funda. Além disso, sentia muita falta de Paulo: ele já não morava em São Vicente. Trabalho e faculdade só lhe permitiam descer a serra a cada quinze dias, em fins de semana.

Terminado o ginásio, fazíamos um curso que costumávamos chamar de "espera-marido": aulas de costura, bordado, culinária, boas maneiras (ah, se as feministas nos vissem, precisávamos mesmo era de um bom tranco). Quanto a mim, isso não fazia parte de meus planos e cogitações. Nem eu tinha propensão para trabalhos manuais ou para ficar à espera de marido. Também me preparava para a faculdade. Literatura e línguas eram a minha paixão. Lia desordenadamente tudo o que me passava ao alcance dos olhos. E tudo quanto descobria, escondida, na biblioteca de meu pai: de Pitigrilli *(Mamíferos de luxo)* a D. H. Lawrence *(O amante de Lady Chatterley)*. Pagara, como quase todas nós, tributo a Ardel e Delly, mas esse indigesto melaço já fora substituído pelos saborosos tachos do nordeste. E o Capitão Vitorino Papa Rabo cavalgava minha imaginação nas noites de *black-out*, intrometendo-se em lugares os mais indevidos. Sua figura aparecia arrasando cidades da França e da Inglaterra, lutando no deserto africano, e de repente Papa Rabo surgia na porteira de nossa fazenda, chicote em punho. Seus olhos brilhavam nas cortinas negras de meu quarto, seu rosto se contorcia à medida em que o tecido balançava. O Capitão, ameaçador, brandia o chicote, dava ordens: um zunido fino e dolorido feria-me os tímpanos, bombas explodiam sobre minha cama.

A cabeça encolhida sob as cobertas, eu acordava suando e tremendo. Terríveis esses pesadelos. Ouvíamos diariamente notícias de guerra, víamos filmes sobre a guerra, e os ruídos e imagens que os sonhos nos devolviam eram alarmes antiaéreos, abrigos subterrâneos, voos rasantes, silvos de bombas, cidades arrasadas.

Sirene soando. Encerrada a pausa para almoço e descanso. Os operários retomam o trabalho, espalham-se pela extensa área do edifício. Da calçada oposta observo a movimentação, os preparativos.

– Já não aguento estes preparativos – eu disse – se soubesse que a festa ia dar tanto trabalho

— Foi você quem quis — minha mãe interrompeu. Sentou-se na cadeira mais próxima, exausta — Paulo concordou, seu pai e eu achamos muito bom. Agora não dá para voltar atrás.

— Eu sei. Acontece que o número de convidados foi crescendo, e eu não queria tanta gente.

Não era precisamente o que me preocupava. À medida em que contratávamos serviços, experimentávamos vestidos, essa recepção cada vez mais vergava-me os ombros e a consciência. Racionavam-se alimentos e roupas na Europa, e eu aqui de cardápio nas mãos à escolha de iguarias.

Mas a sensação de culpa ia sendo empurrada para esse monturo da mente onde se jogam os fatos incômodos. A atenção se desviava para as necessárias providências que me ocupavam o dia inteiro. E, além do mais, ia me casar com Paulo. Era o que importava.

Uma perua entra no pátio, os operários descarregam caixas — grandes invólucros de papelão. O rapaz da moto, costas apoiadas ao muro do edifício, conversa com um guarda. Demorada a ocorrência, o Volks e a Honda ainda não removidos.

Fomos logo retirados do carro, eu soube depois. Paulo ainda com vida. Na cama do hospital, o corpo todo dolorido — contusões e fraturas — foi-me voltando a consciência. Abri os olhos e nos olhos de meu pai, debruçado sobre mim, vi o vulto crescendo, se agitando, o estrondo do impacto, os pontinhos brilhantes, a escuridão, o vazio.

O vazio sem Paulo.

Fora um ano muito bom. No âmbito pessoal as mútuas descobertas, a ternura, o desejo apaziguado e renascendo. Nas pequenas concessões ou exigências aparávamos as respectivas arestas. Nos adaptávamos, e muito bem, Paulo e eu.

No cenário mundial as perspectivas se abriam para o término da guerra, os aliados em evidente vantagem.

Os americanos lutavam em várias frentes, espalhavam-se. Chegaram ao Brasil com seus chicletes, refrigerantes, descontração, e sua respeitável moeda. A base aérea de Natal, ponto estratégico, abrigava as fortalezas voadoras. E nossos pracinhas lutavam na Itália. Caminhava-se para a paz.

A amargura que me devastava o íntimo nenhuma perspectiva de paz me deixava.

Da calçada oposta vejo os portões abertos, o extenso pátio e o edifício amarelo-ocre. Sólidas por pouco tempo as colunas. Dentro em breve, nuvem de poeira, pó acumulado lentamente assentando-se ao chão.

A fumaça entrava pelas janelas e portas, provocava tosse. Cheiro forte de pólvora queimada, fogos explodindo, rastros luminosos no céu. As estações de rádio a todo o volume, buzinas disparadas. As pessoas riam e choravam, se abraçavam. 7 de Maio de 1945. Terminara a guerra na Europa.

Saí para os jardins da praia. Tentava me integrar ao clima festivo e racionalizava: não tem vez a dor pessoal face a momento de tão intensa euforia. Marco de uma vida melhor, a esperança se mostrava nos rostos.

Caminhando na calçada da praia eu ouvia os sons cavos, na barra os navios apitavam.

Dou a partida no carro. Volto os olhos uma última vez para o edifício amarelo-ocre. Pó assentando-se ao chão.

Jó versus ECT
(da série Jó e as Agruras da Vida Urbana)

Postou-se na menos longa e esperou. Com a paciência que lhe dera fama, entre um vestido verde e imensa bolsa cutucando-lhe as nádegas, esperou. Lesmamente. Jó cumpria seu calvário rumo ao guichê, e se dizia: ainda chego lá.

Ergueu o olhar do vestido verde. O cacique na parede, cenho cerrado, deitando exemplo, pra frente prafrente praf

Não esmoreço, Jó firmou-se nas pernas, também vou em frente. Minha meta: o guichê. Assestou os binóculos (longo alcance), aumentou o volume (áudio-individual).

D. Durvalina em foco. Nítida, cada vez mais nítida, as banhas tremeluzentes. Maneja a máquina. E a voz esganiçada:

— Assim não pode, assim não segue, filho, o cep, o cep, o cep

— Mas, dona, eu não consigo.

— Procure direito, filho, está tudo aí, é só ler com atenção saia da fila filho vá procurar em outro lugar. E esta letra assim não dá ninguém entende escreva melhor.

O sujeito se afasta. Pega o Guia Postal Brasileiro que, preso a um barbante, tem limitado campo de manuseio. Atrapalha-se, deixa cair as cartas. Abaixado, emperra a fila. D. Durvalina, as banhas tremeluzentes em expectativa pronta para atacar a máquina, a voz aguda:

— Vamos logo filho vamos logo olha a fila assim não dá.

Com o cotovelo, discretamente Jó afastou a bolsa – doíam-lhe as nádegas. Andou meio centímetro e enfiou o nariz no vestido verde, o joelho na coxa esverdeada.

— Perdão, foi sem querer, me empurraram.

— Safado, sacana, vá bolinar a mãe. Não se enxerga? Chegue mais para trás.

— Já pedi desculpas, moça. E a esta hora, com este calor nem tenho vontade. Só quero mesmo é alcançar o guichê.

— E enquanto isto vai aproveitando para se esfregar na gente, não é? Seu atrevido.

Entre o vestido verde e a imensa bolsa, equilibrou-se como pôde. Imóvel, barriga chupada, braços pendidos ao longo do corpo, Jó cogitava: meio centímetro já é alguma coisa, não tenho pressa, passo a tarde se necessário. Ainda chego lá.

Movendo-se com extrema cautela, ia anotando mentalmente os compromissos que teria de encaixar em seus horários do dia seguinte. Também teve tempo para rememorar: cenas do filme a que assistira na véspera; o desentendimento com o síndico de seu edifício e a consequente briga com a própria mulher (episódio que procurou rapidamente afastar da mente); os gols da última rodada, a esplêndida secretária de seu chefe, a...

D. Durvalina, o som estrídulo: – Desde a semana passada, filho.

— Outra vez? Mas é um abuso, extorsão, querem acabar com a gente.

— Ei, espera aí moço, não tenho culpa, não sou eu que faço os aumentos. Cumpro ordens. Vamos parar com esta bagunça ou tomo providências. Quer que eu chame o guarda?

— Não, por favor, não. Só quis me informar. Já peguei mais dinheiro.

Rabo entre as pernas, boca fechada, o sujeito meteu o troco no bolso e saiu depressa.

Jó ergueu a vista. O cacique na parede, cenho descerrado, olhar satisfeito: sua folha, D. Durvalina, será brilhante, brilhante.

Nessa é que não caio, Jó ruminou, dando com muito cuidado um quarto de passo. D. Durvalina que não se preocupe. Sigo lento e mudo. Não discuto ordens. Não me solidarizo com nada, com ninguém. Meu texto não traz as palavras "arbítrio, repúdio, irrestrita" ou outras que tais. Vê lá se sou burro de arranjar sarna pra me coçar como aqueles estudantes de Londrina. Não uso termos pesados. Sou um cara respeitador. Pode aceitar meu telegrama sem susto. Respeito o regulamento, a lei, a fila. Moral e bons costumes.

O cacique na parede, olhar animador, concorda satisfeito: pra frente, pra frente, praf

Com o lenço empapado Jó enxuga de novo o suor e vai se arrastando, centímetro a centímetro. Só mais três pessoas, verifica exausto e eufórico. Até que enfim. As banhas de D. Durvalina, agora próximas, se agitam com extrema rapidez. E a voz soprano vivace:

– Pensa que sou máquina, filho? Aguarde a sua vez, a vez, vezz, vezzz

Entre o vestido verde e a bolsa contundente – diminuta brecha – Jó inclina a cabeça. Em foco: D. Durvalina, o rosto vermelho luzidio, óculos embaçados, os braços em flácida coreografia sobre a máquina e o guichê.

O vestido verde desliza para a esquerda, esmaece. A bolsa lhe dá um último empurrão e Jó desloca-se para a frente. Face a face com D. Durvalina, estende a mão em busca de apoio: o guichê.

Jó no Super-market
(da série Jó e as Agruras da Vida Urbana)

— Pois então vá você — lhe disse a mulher.

Jó olhou para ela e continuou mastigando. Não vamos começar agora, pensou, sempre na hora da refeição. O suflê de queijo, um de seus pratos preferidos, já um tanto sem sabor.

— Quero ver você fazer o milagre. Pago pra ver.

Jó quieto. Engoliu quase todo o bocado, só restou um pedacinho de queijo. Consistência de borracha, custou a passar pela garganta.

— Com a mesma quantia, é claro. Porque com mais não é vantagem, qualquer um faz. Até eu — a mulher prosseguiu — que sou imbecil ou débil mental. Para você.

— Eu não disse isto. E nem acho — Jó falou com cuidado, desistindo de terminar o suflê. Deu por encerrado o jantar. Já não chegaria à sobremesa, sabia.

— Mas age como se achasse. Está sempre reclamando. Não posso fazer milagre. Amanhã quem vai é você.

Os filhos se levantaram. Um tinha um amigo esperando, a outra foi para a sala e ligou a televisão. A menor continuou sentada, os olhos grudados no pai.

Jó pediu o café. Quanto mais rápido conseguisse acabar o jantar, melhor. Desistira mesmo da sobremesa.

— Gastei açúcar, coco, farinha, ovos, e perdi um tempão fazendo esse pudim. E você nem prova.

— Mais tarde eu como.

A mulher cortou uma fatia para a filha e serviu-se de outra. Olhou de novo para Jó:

— Amanhã quem vai é você – repetiu. – Você pode muito bem passar um sábado sem esse seu futebol e ir verificar *in loco* – passou a língua pelos lábios saboreando a palavra e o pudim – como é que a gente tem de se virar lá dentro. Gente como nós. É bom porque assim ou você reclama menos ou me dá uma quantia maior. Faço a lista logo que terminar a novela, marco tudo que costumo comprar...

— Está bem, eu vou – Jó falou antes que ela pegasse o embalo total. Tomara que chova amanhã, pensou, daí não tem jogo mesmo. Um segundo depois considerou que estava sendo egoísta com seus companheiros de bola, que não tinham nada com aquilo. E torceu por um sábado de sol.

Jó se levantou da mesa, e antes que a mulher dissesse mais alguma coisa:

— Vou, mas com uma condição. Não se fala mais nisto.

Estava garantindo uma noite tranquila. Daria uma volta com a filha menor ali por perto, leria o jornal com mais vagar (notícias que apenas folheara), um filme na tevê, e cama.

Não fossem os meus rudimentos de inglês e eu estava perdido. Foi a impressão de Jó frente às prateleiras de artigos para limpeza. Fodido mesmo. Seus olhos subiam dos frascos de *white* para os de *clean off*, se desviavam para a direita e topavam com os *soft*, iam para a esquerda e descobriam os *bright*. Pôs os óculos para ler as indicações. Eram em português. Escolheu dois preparados para limpeza de azulejos, três removedores de gordura e uma fórmula (bastante sofisticada) para dar brilho em torneiras e objetos de metal. Ainda nessa seção apanhou dois invólucros de *perfect*, caminhou até o fundo e virou para a esquerda. Deu de cara com pilhas e pilhas de papel higiênico. Qual seria o mais suave? perguntou-se. Apanhou meia dúzia de *finesse*, resolvendo mudar de idioma.

Quando já havia passado por mais duas ou três seções e examinava as latas de óleo, em dúvida quanto à escolha da marca, se deu conta de que não estava prestando a devida atenção à soma dos preços – dado imprescindível para não ultrapassar a quantia estabelecida pela mulher. Encostou o carrinho num lugar que lhe pareceu menos concorrido, tirou do bolso os óculos e a pequena calculadora. Passando com dificuldade a mercadoria de um lado para o outro, furando um saco de farinha de mandioca que escoou quase toda para o chão, fez a soma. Atingira apenas um terço da lista e já tinha ultrapassado metade da quantia a ser gasta.

Opções encaradas por Jó: levar a mercadoria anotada mas em quantidade menor ou não chegar ao fim da lista. Escolheu a primeira. E começou pelo óleo, em vez de quatro pegou duas latas. Agiu de maneira idêntica em relação a outras mercadorias. Fez mais: foi recolocando nas prateleiras quase a metade do que já havia escolhido – o que lhe tomou cerca de vinte minutos.

De maquininha em punho, Jó caminhava e fazia seus cálculos. A soma ia alta, a lista pouco passara da metade. Apanhava um produto para logo em seguida, verificando o preço, devolvê-lo ao mesmo lugar. Serpenteou ao longo dos corredores, rente às prateleiras por mais meia hora.

Nessa meia hora: derrubou os óculos (felizmente sobre uma caixa de *kleenex*), colidiu com dois carrinhos, passou com o seu sobre o pé de um menino (cuja mãe se irritou), fez oscilar uma pilha de latas de ervilha (que segurou a tempo), levou um encontrão de um funcionário (carregando enorme caixa de papelão), desequilibrou-se e bateu o braço na alça do carro. Com toda a força.

Jó parou. Respirou fundo, passando a mão sobre o braço. Uma fulana sorridente, carrinho já abarrotado, perguntou se estava doendo.

– Não. Não foi nada – Jó respondeu, segurando a dor e a raiva.

Guardou a calculadora. Pegou a lista e foi comprando, rapidamente, tudo o que faltava. Já nem punha os óculos para verificar o preço. Só queria era sair dali. Gastou mais cerca de meia hora entre a espera na fila e a passagem pela caixa.

A mulher havia deixado o portão aberto. Jó esterçou para a esquerda, deu marcha a ré e parou o carro sob a cobertura Zetaflex. Nem sempre era uma manobra fácil. Sobretudo aos sábados e domingos, quando aumentava o número de veículos estacionados na rua estreita.

A cara de Jó provocou na mulher um risinho sarcástico que o irritou. Ele foi logo dizendo:

– Antes de mais nada vou cuidar do meu braço que está todo arranhado e doendo muito.

Trancado no banheiro, limpou e desinfetou o ferimento com cuidado. E lentidão. Protelava o momento de enfrentar a mulher.

Depois de algum tempo, braço ainda dolorido, mas irritação diminuída, foi para a sala. Sentou-se e se deu por vencido.

– Entrego os pontos – falou para a mulher – você tem razão.

Ao contrário do que Jó esperava, ela não se vangloriou. Com certo desalento no olhar encarou o marido e começou a tecer comentários sobre o custo de vida, o preço dos alimentos básicos, e como os preços subiam dia a dia, e como cada vez ficava tudo mais difícil. Por aí afora.

Braço apoiado no espaldar da poltrona, os pés sobre a banqueta, Jó ruminava em busca de soluções. O leque de alternativas, praticamente fechado, o pouco que se abrira só lhe mostrava o retrato de um homem exaurido.

Impotência
(nada a ver com a sexual)

Como o marceneiro em seu ofício afia os instrumentos de trabalho, o escritor deve estar sempre afiando a sua pena. Diz Osman Lins. Ferrugem de muitos meses corrói-me esferográfica, papel, ideias. Isto é, as ideias me vêm tumultuadas. Não conigo é me organizar e puxar o fio exato.

Tentativas de solução:

a) exercício: palavra + palavra e/ou imagem + imagem ⟨ visual / mnemônica

b) redigir texto desconexo, dissociado

c) motivação: sobre a mesa dois ou três livros atuais muito bons (existem sim, sejamos um pouco menos severos) e o autodesafio: posso escrever assim. Ou melhor.

d) segurar a esferográfica sobre a folha em branco e fazer rabiscos, círculos, triângulos, linhas diversas, pequenos desenhos.

e) manter a esferográfica estática sobre o papel virgem, olhos vagos além da janela, cérebro expectante pronto para o estalo.

Caso nenhum dos cinco itens se prove eficaz, insistir. Recomeçar no dia seguinte e nos subsequentes.

Se, no decorrer de um ano, esses ou outros métodos se mostrarem ineficientes, escolher uma das duas opções:

1 – utilizar-se da pena somente para assinar cheques e documentos, ou conferir somas de açougue, empório, lavanderia, e outras que tais.

2 – dar um tiro na cabeça (vide Rubem Fonseca, pg. 17, "Pierrô da caverna" in *O Cobrador*).

Júri Familiar

Não deu tempo de se levantar. Traiçoeira, a golfada veio de repente sobre o prato, respingando na toalha. Um gosto azedo na boca, vergonha e mal-estar. À sua volta as fisionomias enojadas, vultos balançando na obscuridade enjoativa. Ergueu as pontas da toalha, cobriu a imundície. Levantou-se, a vista turva, a mão agarrada com firmeza ao espaldar da cadeira. Nem tinham chegado à sobremesa.

Como de costume sentara-se na cabeceira a ré, na extremidade oposta ao marido. Filhos e genros sustentavam, nas laterais, a solidez da estrutura. Era a hora da cobrança. Sentia-se na travessa retangular de prata, esquartejada e servida em postas. Que deslizavam no sangue. E quando os dentes do garfo atravessavam as fibras, vinham a dor e o enjoo.

Na cama, a boca lavada ainda amarga, ela recompõe as postas. Suturadas até o próximo esquartejamento.

Euforia
e/ ou declaração de amor a San Francisco

Seu ânimo ia mudando. À medida em que o trem se afastava de L.A. sentia uma espécie de descompressão. Nada pessoal contra Elei, até que gostava de passear por suas praias e periferia. Mas o centro, santo Deus – esses edifícios altíssimos entremeados por uma mísera nesga de céu – era aterrador. Sobre o peito uns cinquenta andares de concreto. Além do mais, havia chegado num sábado à tarde, e tivera a péssima ideia de se hospedar no centro.

Um rápido banho de chuveiro e desceu. Caminhou pelas ruas próximas, a cidade muda e parada. Vergava a cabeça para trás e erguia os olhos: os últimos andares dos prédios sua vista não alcançava. Encontrou uma praça onde ainda havia um pouco de sol. Umas cinco ou seis pessoas sentadas e, de quando em quando, algum transeunte. Um velho cego tocava sanfona.

Voltou depressa para seu quarto de hotel e nessa noite nem desceu para jantar.

Agora, à medida em que o trem se afasta margeando a costa, vai tirando do peito quilos de concreto. O mar à esquerda, montanhas e verde à direita. Laranjais, vinhedos, pequenas cidades. San Luis Obispo. Agrada-lhe esse bispo assim grafado, e o movimento do trem lhe traz uma sensação boa, vontade de cantar *San Francisco here I go*. Vai-se lembrando das canções que conhece sobre essa cidade amada, aqui vou eu San Francisco estou indo *open your golden gate and let no stranger wait outside your door*.

Chega ao cair da noite em plena euforia, nenhum sinal de cansaço. Atravessa a Golden Gate e vai jantar em Sausalito. Na volta, olhando os navios que cruzam a baía e as colinas com suas casas iluminadas, ele se sente em estado de graça.

parte II

Uma Segunda-feira

Limpou os espelhos. Uma das moças tirava o pó, outra recolhia os objetos esparsos e a ajudante passava pano no chão. Era a rotina da segunda-feira. Competia-lhes deixar o salão em perfeita ordem, antes que começassem a chegar as primeiras freguesas. Terminavam sempre tarde no sábado; o movimento ininterrupto mal lhes dava tempo, entre um e outro penteado, para ingerir rapidamente algum alimento.

Não viera no sábado anterior. A gerente concedera-lhe uma semana de folga, mas que estivesse em seu lugar na segunda-feira impreterivelmente. Fazia enorme falta, era uma das funcionárias mais solicitadas. Freguesas havia que só recorriam a seu serviço. Muito justo, e mesmo de praxe, que permanecesse em casa durante uma semana, mas – fora advertida – seria conveniente retornar logo ao emprego. Agora, mais do que nunca, iria precisar dele.

Vestido preto sob o uniforme rosa-pálido, fisionomia cansada, profundas olheiras. No olhar, o espanto; quase o mesmo espanto que a assaltara ao receber a notícia. Largara tudo e fora correndo para o hospital.

Agora voltava, e era preciso recomeçar. As mesmas frases, os mesmos gestos. E, o pior, recompor a máscara de solicitude com que atendia às freguesas, ouvia-lhes a conversa tola, executava-lhes ordens, caprichos. As colegas haviam-na recebido com expressões de carinho e, certamente, naquele dia tudo fariam para torná-lhe menos penoso o trabalho. Não dependia delas, porém. Trazia dentro de si um vazio difícil de vencer. Sentia-se incapaz de retomar o cotidiano.

Recebeu os pêsames, agradeceu, e começou a enrolar o cabelo da freguesa. Respondia-lhe maquinalmente: sim, já o encontrara morto; fora tudo tão súbito. O motorista afirmava que ele insistira em atravessar a rua com o sinal virtualmente fechado para os pedestres; parecia estar com muita pressa. Havia testemunhas, inúmeras pessoas tinham presenciado. Eximia-se o motorista de qualquer culpa. O pai morrera algumas horas depois de ter sido levado para o hospital. Ao chegar já o encontrara sem vida.

Ajeitou a rede e conduziu a senhora ao secador. Havia outra à sua espera. Na segunda-feira, geralmente, era bastante reduzido o número de freguesas, mas as que nesse dia procuravam o instituto de beleza quase sempre requeriam cuidados mais demorados. Eram tinturas, rinsagens, permanentes ou alisamentos. As manicuras trabalhavam sem pressa. O dia custava a passar.

Não o vira, mas era como se o tivesse visto – ensanguentado, estendido na rua, pessoas aglomeradas à sua volta. Depois, a sirene da ambulância, cujo ruído estridente não lhe saía dos ouvidos. Enfermeiros, médico, a maca. E a ambulância outra vez, correndo, correndo, até lhe provocar náusea, vertigem. Brancas imagens desfilavam velozes ante seus olhos; bruscamente, interrompiam-se em obscura zona. Surgia-lhe, então, o rosto do pai como realmente o encontrara: rígido, estático em sua palidez terrosa. Os lábios entreabertos, como se estivessem prestes a pronunciar uma última palavra ou a exalar um derradeiro gemido, quando a morte os imobilizara. A seu lado, aparvalhada, a mãe. Sentou-se e o choro, contido até então, irrompeu violento.

Lágrimas corriam-lhe pela face, enquanto ouvia, cabisbaixa, as recriminações da freguesa. Perfeitamente compreensível que a morte do pai a deixasse triste, deprimida, mas o que não achava justo era que ela, freguesa, viesse a sofrer as consequências disso. Se pagava – e, afinal de contas, não pagava pouco – exigia serviço benfeito. Aquilo, então, era coisa admissível em qualquer instituto de beleza que se prezasse? Vermelha, a irritada senhora passava o pente nos cabelos e, a cada vez que o fazia, o pente voltava cheio deles. Fios e mais fios desprendiam-se-lhe da cabeça. Qual cabeleira de boneca mal afixada, os cabelos soltavam-se aos chumaços.

Bem que avisara: a pasta para alisar não podia permanecer tanto tempo nos cabelos. A moça, porém, nem lhe dera atenção, imersa que estava em sua tristeza. Melhor fora não ter vindo ao trabalho, se nele não se conseguia fixar. Ela, freguesa, nada tinha a ver com os aborrecimentos alheios.

Pressurosa, a gerente tentava contornar a situação. Nada, entretanto, tinha o dom de acalmar a irada criatura, cuja raiva crescia à medida que lhe diminuíam os cabelos. Iria, evidentemente, processar o salão de beleza, a menos que lhe apresentassem alguma solução satisfatória.

Refugiada no lavabo, a moça dava larga vazão ao pranto. Soluços sacudiam seu corpo emagrecido, mal-alimentado durante aquela última semana. Sentia-se fraca, sem coragem para enfrentar os fatos, pessoas e, sobretudo, esse incidente que justamente agora fora acontecer. Não era apenas a dor pela perda do pai que a deixava aturdida. Pesava-lhe demasiado a responsabilidade financeira que, súbito, lhe desabara sobre os ombros. Era tarefa superior às suas forças. Via-se envolvida em dívidas. Cifrões saltavam-lhe ao redor, comprimindo o cerco. Procurava uma brecha, e não encontrava por onde escapar.

Enxugou os olhos apressadamente. Batidas à porta e uma voz autoritária. Saísse, precisava falar-lhe.

Na voz da gerente já nada restava do tom com que a recebera pela manhã. Formalizada, ia diretamente ao assunto. Conseguira solucionar o caso da freguesa, oferecendo-lhe a melhor peruca que possuíam no salão. Seria, evidentemente, descontada de seus vencimentos. Como não estava mesmo em condições de executar mais nenhum serviço, voltasse para casa. Mas – prestasse bem atenção – no dia seguinte viesse disposta a trabalhar direito. Aquele incidente era injustificável e não se deveria repetir.

Tirou o uniforme, recompôs a fisionomia e saiu.

Olhos vagos, cabeça levemente aturdida, seguia o movimento de transeuntes e veículos na tarde ensolarada, quente. O vestido preto aumentava-lhe o calor. Olhava as vitrinas, sem que em suas retinas coisa alguma se fixasse. Atravessou sinais, dobrou esquinas, andou a esmo: era preciso fazer hora. Não desejava chegar em casa antes do horário habitual, queria evitar explicações.

Na praça arborizada crianças jogavam bola. Adolescentes passavam de regresso da escola, casais procuravam bancos isolados. Calor e a limpidez da tarde envolviam a praça. O pequeno vulto negro, humilhado, era um ponto destoante na atmosfera que o cercava.

Baixou as pálpebras para esconder as lágrimas. Vergou os ombros ao peso daquela segunda-feira – a primeira de uma nova vida que dolorosamente se iniciava.

O Rictus

Trancou-se no quarto. Tomou um comprimido, estirou-se na cama, e procurou descontrair os músculos da face. Impaciente, ergueu-se. Postou-se frente ao espelho, os lábios trêmulos em desesperado esforço. Pensou em coisas tristes, doenças, mortes, guerra, crianças sofrendo, homens torturados, ele próprio torturado, ameaçado, coagido, espancado, faminto, sedento. Seus olhos encheram-se de lágrimas, começou a soluçar. Os músculos rígidos, porém, mantinham abertos os lábios em infindável sorriso. Emoção alguma, melancólica ou terrificante, conseguia imprimir-lhe no rosto tristeza ou pasmo. Os lábios permaneciam entreabertos no sorriso fixo, estereotipado, com que saudava multidões, cumprimentava indivíduos, zangava-se, exasperava-se, beijava os filhos, a mulher. Aquele mesmo sorriso que horas e horas de uso contínuo haviam feito grudar-se em sua face, de onde nada o conseguia remover.

O enterro do filho. Amigos, conhecidos, pessoas que jamais vira. Cada vez mais gente, a multidão aumentando. Nem mesmo numa ocasião dessas davam-lhe sossego para poder chorar em paz. Que pretendia toda essa gente? Transformar em espetáculo seu sofrimento, devassar-lhe a vida íntima? Não, isso não estava certo. Quem comandava o "show" e trazia a público a desgraça alheia era ele. Que se invertessem os papéis não admitia. Chamaria a polícia, mandaria expulsar toda aquela gente intrometida, sádica, que desejava emoções às suas custas. Será que ninguém entendia que para isso havia dia certo e hora marcada, pessoas trabalhando, pessoas pagando, todo um mecanismo posto em andamento? Quem apertava os botões era ele. Deixassem-no em paz, junto da família e de uns poucos amigos, para poder chorar. Frente à multidão não conseguia. Olhava a turba afoita – mocinhas acotovelando-se, mulheres de meia-idade, crianças, alguns homens – e, reflexo automático, seus lábios abriam-se no sorriso que aquela gente se habituara a ver. Voltava-se para o caixão, fitava o filho morto, profunda dor oprimindo-lhe o peito, lágrimas escorrendo-lhe pela face. Nos lábios, fixo, o sorriso.

Tirou férias. Foram para o exterior, ele e a mulher apenas. Pessoas estranhas, cidades grandes; e duas criaturas ignoradas, sem roteiro prévio, andando a esmo. Paisagens, vida noturna, vida de turistas desvinculados de excursões. Diminuíam as crises de angústia, espaçavam-se os acessos de choro. Em seus lábios, fixo, o sorriso.

Voltaram. Reiniciou logo o trabalho. Seu público esperava. Seus colaboradores, ansiosos, esperavam; dependiam dele. Não se para tão facilmente uma engrenagem. Nem ele se podia permitir esse luxo. Tinha mulher e os outros filhos para sustentar. Além disso, não atingira o ponto ambicionado. Havia ainda muito a fazer, muito a explorar. Ideias, esquemas, planejamento, tudo bem dosado – e o público em suas mãos. Alegria e tristeza intercalando-se, um pouco de ridículo, algumas doses de informações pseudoculturais. Sons, gestos, muito movimento e, sobretudo, a motivação da massa ignara. Era só ter cuidado para não puxar demasiado os cordéis. Havia o perigo de arrebentarem. Sabia que, mais dia menos dia, isso poderia acontecer.

Ensaios. Entre um e outro número musical traziam-lhe: débeis mentais, aleijados, ex-viciados, subnutridos, gente que escancarava a miséria em altos brados, gente que se propunha a qualquer coisa para aparecer e receber em troca alguma coisa. Habituara-se àquilo. Olhava para tudo com frieza, indiferença; principalmente depois da morte do filho. Entretanto, ocasiões havia em que ainda se emocionava. Seus olhos inundavam-se de lágrimas. Nos lábios, fixo, o sorriso.

— O senhor acha graça?

— Como?

— Pergunto se o senhor está achando engraçado? Eu acho tristíssimo.

— Engraçado? Não! Absolutamente! É a coisa mais dolorosa que já vi.

— Ah! Então não compreendo.

Ele também não. Os músculos não lhe obedeciam.

A menina sem braços contorcia-se, movia os pés, utilizava-se deles para levar, com a maior dificuldade, o alimento à boca. Era deprimente, aflitivo, causava mal-estar. Seus colaboradores desviavam a vista. O parente que a trouxera apresentava uma fisionomia realmente compungida, embora isso não o impedisse de indagar quanto receberia pela exibição da menina.

Em seu rosto, fixo, o sorriso.

Decidiu não apresentar mais as cenas tristes. Como fossem imprescindíveis ao programa — visto que seu público as exigia — seriam anunciadas por um de seus auxiliares. Passaria a apresentar somente os números alegres e os musicais. Não temia a concorrência do auxiliar. O público pertencia-lhe. Conquistara-o, suadamente, programa após programa. Era a sua imagem que aquela gente desejava.

Totalmente insatisfatório o novo esquema, verificou, decorrido certo tempo. Servira-lhe apenas para evitar a impressão de que se divertia com a desgraça alheia. Por mais esforços que fizesse, jamais conseguia dominar o esgar que lhe arreganhava os lábios, fixando-lhe na face a máscara do riso.

Era um excelente filme, disseram-lhe os amigos. E ele precisava de distrações. Entrou só, no escuro, evitando ser visto. Ao se acenderem as luzes foi imediatamemte reconhecido. Pessoas aproximaram-se: apertos, confusão, empurrões, cumprimentos para um lado, cumprimentos para o outro. E o eterno, infindável sorriso.

Resolveu mudar definitivamente de trabalho. Faria qualquer serviço. Modesto, humilde; mas que não o obrigasse a lidar com multidões. Um lugarzinho sossegado, três ou quatro pessoas no máximo e o anonimato – era o que agora desejava. Já não ambicionava mais riqueza. Viveriam, ele e a família, perfeitamente bem com aquilo que conseguira acumular. Tinha mais do que o suficiente. Era só o tempo de indenizar colaboradores, rescindir contratos, ultimar negócios. Enfim, desmontar a engrenagem tão rápido quanto possível.

Isso feito, antes que iniciasse algum trabalho diferente e obscuro, submeter-se-ia a uma plástica.

Procurou o melhor cirurgião. Pediu opiniões, indagou, pesquisou. (Ficara-lhe o vício da pesquisa prévia – pesquisa de mercado, pesquisa de audiência, toda e qualquer espécie de pesquisa. Nada realizara, sem antes ouvir a opinião suprema do órgão pesquisador.) Não fazia questão de grandes modificações na face, exigia apenas a eliminação absoluta do sorriso.

Um semblante bastante circunspecto e uma conta elevadíssima, que não se importou de pagar. Alguns dias de repouso longe da cidade grande, longe de ruídos, fumaça, pessoas e amolações. Olhava-se ao espelho. Sentia-se tranquilo, seguro. Recomeçaria de zero, se preciso fosse.

Vendeu casa, móveis, objetos. Mudou-se para um bairro afastado. Fazia-lhe bem o trabalho manual, ao qual dedicava atenção meticulosa. Obscuro operário, cansava-se o dia inteiro e, à noite, jogava-se exausto na cama. Acabaram-se-lhe as insônias. Perdia, aos poucos, o hábito de olhar-se continuamente ao espelho.

Os companheiros de trabalho insistiram, ele cedeu. Seria uma reunião pequena, comemoração quase íntima, na própria oficina. Iria. Não desejava ser ou parecer diferente.

Sentiu-se mistificado, quando viu toda aquela gente. Nem sabia, entretanto, a quem atribuir a culpa. Essas coisas aconteciam, um amigo convidando o outro e, no fim, não se podia contar com o número de pessoas previsto. Ninguém teria, certamente, pretendido enganá-lo. E, afinal de contas, depois da cirurgia plástica, depois da mudança radical de profissão e de modo de vida, sentia-se extremamente seguro. Podia enfrentar aquela gente.

Conversou, distraiu-se: estava, até mesmo, achando agradável a reunião. Um insignificante repuxar de lábios, leve, quase imperceptível causou-lhe grande preocupação. Disfarçou, afastou-se e, mãos trêmulas, acendeu um cigarro. Sentiu nova contração muscular. Em pânico, encostou-se a uma janela, respirando profundamente. Antes mesmo que procurasse um espelho, tinha a certeza do que estava acontecendo. Voltara-lhe o sorriso à face e agora de maneira irremediável.

Saiu da reunião às pressas, evitando cumprimentos, conversas. Correu para casa.

Trancou-se no quarto. Tomou um comprimido, estirou-se na cama e procurou descontrair os músculos da face. Impaciente, ergueu-se. Postou-se frente ao espelho, os lábios trêmulos em desesperado esforço. Pensou em coisas tristes, guerra, mortes, a morte do filho. Seus olhos encheram-se de lágrimas, começou a soluçar. Em seus lábios, fixo, o sorriso.

Sentou-se na cama, abriu o frasco. Resolutamente, um a um, ingeriu todos os comprimidos.

O Piloto

Não, não estou louco. Sinto-me imbuído de absoluta lógica e perfeita lucidez. Não consigo, entretanto, chegar às mesmas conclusões que eles. E não compreendo porque, uma vez que em meus raciocínios utilizo-me sempre das verdades que eles me ensinaram. Não faço cogitações ao acaso; tenho por base aquilo que aprendi com eles. Se às vezes enredo-me nos fios da memória, a validez do raciocínio, todavia, não se torna prejudicada. É mera questão de cronologia; confundo-me ao situar os fatos. Quanto às consequências carrego-as comigo. Como os 200.000 pares de olhos, por exemplo.

Fixei-me neste número. Não que em minhas tentativas de contagem tivesse conseguido atingir tão alta cifra, mas em virtude de ouvi-los continuamente repetir. 200.000. Jornais, rádio, televisão. 200.000. Apontado nas ruas, em cinemas, em reuniões. Na missa dominical. Sim, porque eu orava. Entre outras verdades, haviam-me ensinado a verdade do espírito. E agora não concedem ao herói um instante sequer para cuidar da própria alma. Fizeram de mim um herói, e minhas horas não mais me pertencem. Nada mais tenho de meu. Nem meus pensamentos, cujo fluxo é sempre interrompido pelos 200.000 pares de olhos.

Não se trata de mania de perseguição. Sou suficientemente frio para não me deixar impressionar por essas baboseiras. Eu os vejo realmente. Suspensos no espaço, descolados das faces. Não me censuram, de nada me acusam – preferia que o fizessem. Fitam-me apenas com tristeza infinita. Às vezes, percebo uma interrogação, a mesma que sempre me faço: era justo? Verificando sinais de minha dúvida os homens procuram apaziguar-me. Não havia outra alternativa, asseguram-me. Eu porém, me pergunto: com que direito?

Durante anos e anos, esses mesmos homens ensinaram-me as leis de Deus e as suas próprias. Tornaram-me um reflexo delas. E agora me dizem que a única alternativa era matar, e que em virtude disso sou um herói. Festejado e aplaudido, apontado onde quer que me encontre.

Sou o responsável pelo extermínio das 200.000 pessoas. Executei-o com um dedo apenas. O meu indicador, do qual já não me posso servir. Decepei-o há alguns dias.

Embora de nada me acusem, nem me censurem os 200.000 pares de olhos, sinto terrível necessidade de punição. E depois, julguei que, se me infligisse eu próprio algum castigo físico, eles talvez cessassem de me fitar. Ledo engano. Suspenso à minha volta, o círculo permanece. Vislumbro lágrimas prestes a rolar, mas que, entretanto, não rolam.

Dolorosa, porém inútil, foi a punição. Fiquei sem o indicador e tudo continua na mesma. Certa noite, não suportando a insistência com que me fitavam, e como parecessem estreitar o círculo ao meu redor, com dificuldade empunhei um revólver – faz-me enorme falta o indicador – e descarreguei-o diversas vezes sobre as pupilas. Inundaram-se de sangue. Durante momentos, envolveu-me rubra faixa que se foi aos poucos esmaecendo, para tornar-se de um cinza esbranquiçado. Esgarçava-se em nuvens, quando, súbito, adensou-se em imenso cogumelo. Asfixiado, corri para a janela e respirei sofregamente. Voltei-me ainda a tempo de contemplar a volumosa configuração varando o teto do aposento.

Nas paredes, em cada perfuração produzida pelas balas, incrustou-se um olho. E, do fundo de sua tristeza, todos eles me encaram.

Bem sei que mereço castigos outros; a perda do indicador nada significa, embora acarrete sérias dificuldades. Busco pena maior, e para ela caminho inexoravelmente. Utilizo-me de pequenos atos de provocação – como o assalto à loja, por exemplo – que se irão tornando mais graves, até que as autoridades sejam compelidas a tomar medida drástica. Importunarei pessoas, roubarei, hei de praticar violências de toda a espécie; malgrado minha repugnância, chegarei mesmo ao assassínio frio, premeditado. Escolherei um indivíduo, um indivíduo apenas, mas o suficiente para que me enviem à câmara de gás. Então, essas mesmas autoridades que me honraram com condecorações, ver-se-ão obrigadas a lavrar minha sentença fatal. E a câmara de gás será o meu fim.

Em meio ao melancólico círculo, distingo um único olhar não contaminado pela mágoa. Límpidos olhos de menino, erguidos para o espaço cruzado de rotas, aquelas mesmas que, mais tarde, tantas vezes haveria de percorrer. Sobre sua mesa, minúsculos aviões em cuja meticulosa montagem suas horas de folga eram gastas. E à noite, olhos perdidos no céu, o menino sonhava. Anos mais tarde, ao executar minha missão de lançar bombas e arrasar cidades, destruí também a imagem do menino sonhador. Perdi-a durante longos e atrozes anos; e agora, desse menino que fui, voltam-me os olhos apenas, límpidos olhos destacando-se no círculo de que sou prisioneiro.

Não conseguiram ainda – eles que para tudo dizem ter solução – afastar de mim os 200.000 pares de olhos. Produto de injustificável remorso, asseguram-me. Absurdo complexo de culpa imaginária, insistem. Sigo-lhes a trilha dos raciocínios e procuro render-me a seus argumentos. Submeto-me a qualquer espécie de tratamento que possa restabelecer meu equilíbrio psíquico, segundo me informam, profundamente abalado. Suspenso à minha volta, o círculo permanece. Nesses olhos, dos quais nenhuma censura se desprende, encontro apenas a mágoa.

Repugna-me o emprego da violência e do crime – único caminho que me poderá conduzir à pena máxima. Cometido o assassínio, serei julgado e condenado. Que eu o execute, porém, de forma a que mais tarde não possam alegar insanidade mental. Não pretendo encomprirar meus dias em um hospital de alienados, confinado neste círculo que jamais me abandona. Onde quer que fosse, levaria comigo os 200.000 pares de olhos. É preciso que deles me liberte.

O piloto que bombardeou Hiroxima foi novamente preso em Galveston, no Texas, quando pela terceira vez tentava assaltar uma loja, armado de um revólver de brinquedo. Claude Eartherly ficou louco quando soube que havia provocado a morte de 200.000 pessoas, ao lançar a primeira bomba atômica.

(De uma revista.)

Velhice

Já estavam no carro, prontos para partir. Ela fingiu que esquecera qualquer coisa e entrou novamente na casa. Não se demoraria. O marido desligou o motor e, impaciente, ficou à espera. De que valia prolongar aquele instante? Não haviam, de comum acordo, após deliberações e mais deliberações, resolvido partir? Não tinham chegado à conclusão de que era melhor para ambos? Por que, então, martirizar-se ainda uma vez? Não via razão para aquilo. Se demorasse muito, iria ele próprio chamá-la. Não tinha paciência nem disposição para entregar-se a sentimentalismo tolo. Era preciso partir, partia e pronto. Estava acabado.

A casa vazia, paredes manchadas, assoalho riscado. Havia tão pouco tempo, tudo em seu lugar, tudo limpo e bem cuidado, como ela gostava de trazer aquilo que lhe pertencia. Agora, marcas deixadas pelos móveis: riscos e poeirentas pegadas no chão. As janelas, despojadas de cortinas, inundavam de claridade as salas. Tudo devassado. E os aposentos crescidos com o vazio.

Duas tábuas a mais, a mesa aumentada. Toalha de linho, cristais, a melhor louça. Jantaram todos sentados, filhos e netos, a refeição preparada com antecedência e esmero. Detestava os chamados "jantares americanos", em que cada um come onde quer e como pode. Gostava de reunir a família, sentia prazer em providenciar e supervisionar tudo ela própria; mas tinha horror a improvisações. Dessa vez, mais que em outra qualquer, fizera questão de que as coisas corressem bem. O último jantar naquela casa. Vieram todos. Sob a alegria, vozerio e tumulto, a indisfarçável melancolia. E agora, vendida a pesada mesa de jacarandá, na sala vazia as quatro marcas no chão.

Cansado de esperar, entrou para chamá-la. Ante o desamparo da mulher, apoiada ao batente da porta, o olhar fixo nas manchas do assoalho, sentiu-se também fraquejar. Toda a fanfarronice, de que se viera propositalmente imbuindo, parecia num instante desabar. Fizera-se de duro, sensato, realista. E de repente, à visão daquela figura miúda, de cabelos brancos, encolhida a um canto na vastidão da sala, comoveu-se profundamente. O sentimentalismo tolo, piegas e injustificável – como insistia em afirmar – apoderou-se dele. Lancinantes saudades dos anos vividos naquela casa. Os filhos crescendo, casando, partindo. Cada um com sua própria vida. No casarão, ele e a mulher.

Tocou-lhe, de leve, o braço. Esperaria no carro.

Após muita argumentação, haviam cedido às sugestões dos filhos. Era impossível continuarem sós naquela imensa e trabalhosa casa. Idosos, à mercê de novos empregados, a mulher já sem as antigas energias, as longas escadas pesando na saúde de ambos. Um apartamento, nem muito grande nem demasiado pequeno, perto de uma das filhas, seria a solução. Relutaram bastante, a princípio. Ela, sobretudo. Tinha ojeriza a elevador. Acabaram cedendo.

Os carros atrás buzinando, o trânsito infernal. Quanto mais buzinavam, mais nervoso ele ficava: não conseguia dar a partida. Decididamente já não podia guiar em lugares assim movimentados. Sentia-se tonto, perdido no zigue-zague dos carros cruzando loucos de um lado e de outro, os sinais surgindo de repente, e os congestionamentos que faziam morrer o motor do carro. Constatava, desolado, que seus reflexos não eram os mesmos.

Irritava-se, desorientava-se. Quando tivesse que vir ao centro da cidade, pediria a uma das filhas, ou a um filho, que o trouxesse. Já era tempo de fazerem alguma coisa. E não fora por esta, entre outras razões, que se haviam mudado, ele e a mulher, para junto dos filhos? Talvez arranjasse um bom dentista perto do apartamento, assim não dependeria de ninguém para levá-lo. Claro que não ia deixar de dirigir em ruas menos movimentadas. Estava velho: mas, afinal de contas, não era um velho caquético. Aqueles rapazinhos malucos, irresponsáveis, "tirando fininhas e costurando", como diziam os netos, é que o punham nervoso. E a amolação do dentista, duas vezes por semana. Sempre tivera dentes fortes, agora esse aborrecimento. Tratamento infindável, extrações, dores, nem mastigar direito podia. Estava farto de sopas, cremes e líquidos.

Enrolada na manta, a televisão ligada. Com aquele frio, não saíam mais à noite. Novela das 7, novela das 8, novela das 9. Cochilos entre e durante. Dormia. Mesmo interessada, as pálpebras pesavam, pesavam. De repente, acordava com o próprio ronco, ou com alguma cena mais violenta, alterado o tom das vozes. Ou com a chegada de um filho, que vinha saber notícias. Mal-estar indefinido, cansaço, contínua prostração que não sabia a que atribuir. Raro o dia em que se sentia bem-disposta. Uma das filhas insistira em levá-la ao médico. Exames. Fortificantes inúteis. Não se queixava. Encolhia-se numa poltrona, folheava distraidamente alguma revista.

Chegavam os amigos. Fichas, baralhos, a mesa pronta para o jogo. Era seu passatempo favorito. Mas nos últimos meses não podia contar com a companhia da mulher. Aproveitava as poucas ocasiões em que a via mais animada. Às vezes, como ela insistisse muito, formava o jogo sem a sua presença. Tinha receio de que o barulho a incomodasse; não queria parecer egoísta. A essa altura da vida, entretanto, que distrações lhe restavam? Sessão de cinema à tarde, almoço em casa de um dos filhos, visitas – e o jogo. Os filhos, ultimamente, apareciam com excessiva frequência, preocupados com a saúde da mãe. Sentia em tudo um ar diferente, nos olhares, nos movimentos furtivos, nas conversas sussurradas. Percebia que desejavam expor a situação. Esquivava-se. Autodefendia-se. Enquanto pudesse afastaria o problema. Chegado o momento, daí então... Daí então, que faria, o que seria dele?

Já não tinha forças para erguer-se da cama. Removeram-na para um hospital. E a via-crúcis começou: remédios, injeções, pulmão artificial, tubos, sondas, curativos, enfermeira, médico, médico, enfermeira. Filho chegando, filho saindo. Os longos, os imensos corredores, como ele os conhecia, passo a passo, em suas caminhadas infindáveis. Porta, parede, porta, parede, enfermaria, ambulatório, cirurgia, quartos, quartos e mais quartos. No da mulher não suportava permanecer por muito tempo. Rosto afilado, olhos enormes, boca protuberante e a mão descarnada que se erguia para segurar a sua, mal ele assomava à porta. Preferia entrar no quarto quando ela se achava sob o efeito de sedativos.

Fez questão de voltar para o apartamento nesse mesmo dia. Os filhos não queriam; insistiram em que ele ficasse, pelo menos durante algum tempo, em casa de um deles. Recusou-se, decidido. Poderia ser esta uma noite pior do que as muitas que passara presenciando o sofrimento da mulher? Os momentos finais, a emoção ao receber abraços de amigos (velhos amigos havia anos perdidos de vista), a chegada do padre, o caixão saindo – enfrentara tudo. Que lhe adiantava agora adiar a volta.

Falou com firmeza. Reconheceu-se mesmo um tanto rude. Era inútil a insistência: preferia ficar só. Se sentisse alguma indisposição, se precisasse de qualquer coisa telefonaria imediatamente. Saíssem tranquilos.

Fechou a porta. E identificou-se à sua irremediável solidão. Até quando?

Sua Excia. em 3D

D1

Sorriu para a aeromoça e foi um dos primeiros a sair. Colocara-se estrategicamente junto à porta. Não tinha um minuto a perder. Atravessou em passos rápidos o saguão do aeroporto, seguido por correligionários, repórteres e fotógrafos. Disfarçando impaciência e cansaço, procurava responder de maneira breve – e de preferência ambígua – a algumas das inúmeras perguntas. Entrou no carro. Mandou seguir para a TV. Dentro de vinte minutos estaria no ar. Rememorou frases-chaves de que costumava se utilizar, em entonações diversas conforme a ocasião e o público a que se dirigia. Foi recebido por um apresentador excessivamente solícito, mal teve tempo de engolir um café e já estava sob luz e calor dos refletores.

– para que fique bem claro de[1] que a nossa posição é frontalmente contrária aos interesses das –

– temos dito várias vezes e insistimos em repetir de[2] que a nossa meta principal é –

– segundo dados objetivos e cifras precisas[3] que nos utilizamos para elaborar relatório referente a –

---

1 e 2   Tinha o hábito de colocar o *de* onde a frase não o pedia.
3   Frequentemente omitia o *de* quando era necessária a preposição.

Quadro-negro, giz em punho. Começou na extrema-esquerda, bem acima. Reportava-se a anotações e enchia a lousa de algarismos. Acabou na extrema-direita, bem embaixo.

Sentou-se, sob olhares aprovadores, e ficou à espera das perguntas. Trazia prontas as respostas. Durante o voo, mudara, ou inserira, uma ou outra palavra, que produzisse maior efeito. Só se reportaria a anotações com referência a datas, cifras, dados muito precisos. Quanto a perguntas de telespectadores, seriam selecionadas apenas as convenientes. Nós, seus assessores, estávamos ali para isso.

Excelente dicção, voz grave e modulada, utilizava-se de todos os recursos adquiridos em aulas de empostação. Sempre, ou quase sempre, com resultados brilhantes. Convincente, aliciadora, a maneira como se expressava; mesmo quando nada dizia. As mulheres, sobretudo, encantavam-se. No rol de suas encenações, certos gestos eram peça de resistência. Como um movimento brusco da cabeça, para afastar o cabelo liso e abundante que, de quando em quando, lhe escorregava sobre a testa.

Atentos aos telefones, anotávamos e selecionávamos as perguntas, que ele respondia pausadamente, sempre com demonstração de interesse.

– em se tratanto de assunto especificamente adstrito à área de seu trabalho, nosso assessor, com maior propriedade, poderá –

Levantei-me, dividi a lousa em três espaços. Expus o assunto, procurando fazê-lo de forma clara e sucinta. Dessa vez fora eu o premiado. Em trabalho de equipe – ele costumava dizer – não é justo que só um colha os louros; e, de quando em quando, um de nós aparecia. Naturalmente colhíamos os louros com os devidos limites e reservas. Sentei-me e continuei atento às chamadas telefônicas.

Terminado o programa, voltou-se rapidamente para nós: – Vocês jantam comigo.

E para mim, em voz baixa: – Depois saímos juntos. Por favor, telefone para minha casa avisando que iremos jantar.

Cercado pelo pessoal da televisão, sorriu, aceitou mais um cafezinho, fez alguns comentários pretensamente jocosos que despertaram grande hilaridade. Despediu-se e saiu.

Saímos.

D2

Na sala de som: a mulher, uma amiga, dois casais. Terceira ou quarta dose de uísque. Tevê ligada, à espera de que ele entrasse no ar.

– Li ontem. Foi um dos melhores pronunciamentos que ele fez.

– Você acha mesmo?

– Claro.

– Mas parece que despertou alguns comentários desfavoráveis.

– Ninguém consegue agradar a gregos e troianos.

– É difícil, realmente. Mas o colunista do JM não precisava ter sido tão grosseiro.

Levantou-se, sintonizou melhor o canal e:

– Vocês me dão licença um instante? Vou verificar a quantas anda o nosso jantar. Acho que este programa não vai começar já. Sirvam-se à vontade.

Para a amiga: – Venha comigo. Voltamos logo.

Atravessaram o vestíbulo, passaram junto à sala de jantar, entraram na imensa sala de visitas.

– Quero que você veja nossa última aquisição. – Ligou um comutador, fez incidir um foco de luz sobre o quadro, observou a reação da amiga. – Que tal?

– Fabuloso! Um Tarsila da fase pau-brasil! Como é que vocês conseguiram?

– Parece que o fulano não estava muito bem de finanças. Fizemos uma oferta à vista. Ele topou logo.

– Incrível!

– Nem tanto. Foi sorte termos localizado o quadro antes dos outros. – Paradas ante a paisagem, durante alguns segundos – Mas não foi só por causa disso que pedi para você vir até aqui. Quero falar com você longe dos outros.

– Sobre o quê?

– Com certeza você já imagina. Ando chateadíssima. Telefonemas quase todos os dias. Sempre a mesma voz. Por favor, seja franca comigo: você tem ouvido algum comentário?

– Não.

– Se você é de fato minha amiga, tem a obrigação de me dizer.

– Penso exatamente o contrário: se sou de fato sua amiga, tenho a obrigação de não dizer. Mas fique tranquila – enfrentando, impávida, o olhar inquisitivo – não ouvi comentário de espécie alguma.

– Tenho percebido insinuações; sinto a coisa no ar.

– Se você não sabe nada de concreto, por que se aborrecer inutilmente?

– Detesto fazer papel de tola. Fico furiosa. Estou pensando em tomar providências: corto-lhe a verba.

– Você não deve agir sob um impulso de raiva. E ainda mais se não tem certeza de nada.

– Estou farta de financiar campanhas políticas e de ver meu dinheiro gasto nessa diversão.

– Você não está sendo justa. Sabe que a política não é uma diversão para ele. É parte integrante de sua vida, é sua profissão, seu modo de ser. Enfim, é importantíssima para ele.

– Mas acontece que me está saindo muito cara, sob todos os aspectos. Não é só pelo dinheiro – pausa. – Admito que no princípio eu gostava.

– Gostava? Você ficava fascinada. Você, eu, todas as outras.

– É. Mas nunca pensei que fosse absorvê-lo a tal ponto. Ele não tem tempo para nada; mal aparece em casa. Do jeito em que as coisas andam, qualquer dia vou ter que marcar audiência.

– Não exagere. Você sabe perfeitamente como é a vida de todos eles: mil problemas para resolver, milhões de pessoas para atender. E a camarilha sempre atrás.

– Enquanto for só isso ainda vou aguentando. Mas, se o pouco tempo que sobra para mim for dividido com qualquer vi –

– Não pense mais nisso. Os outros estão à nossa espera. O programa já deve ter começado.

– Está bem. Conversamos depois. Tenho engolido muita coisa, mas a papel de palhaço não me presto. Decididamente não me serve.

Sua imagem já estava no vídeo. De costas para a câmera, braço erguido, enchia a lousa de algarismos, chaves e siglas. De quando em quando, voltava-se para a câmera; que o focalizava em *close*. Sentou-se, sob olhares aprovadores, e ficou à espera das perguntas.

> – *em se tratando de assunto especificamente adstrito à área de –*
> – *com relação à maliciosa pergunta do telespectador José da Silva, preliminarmente fazemos questão de demonstrar que esse senhor desvirtuou nossas declarações. Quando afirmamos que a vigência –*

– pergunta inteligente e que nos possibilita trazer a público informações mais detalhadas relativas aos índices de –

Uma a uma, sempre com demonstração de interesse, ia respondendo às perguntas.

– Vocês acham que ele está indo bem?

– Claro! Como sempre.

– É extraordinária a facilidade com que ele se expressa!

– E como consegue encontrar a palavra exata!

Raiva já um tanto derretida, a mulher voltou o olhar para o vídeo. À medida em que observava a imagem do marido, diluía-se a irritação. Tentou ainda resistir. Insensivelmente viu-se envolvida em palavras e gestos. Calada, fixou o olhar no aparelho até o fim do programa.

O mordomo: – Telefone para a senhora.

Atendeu ali mesmo: – Quantos? Daqui a quanto tempo? Está bem. Esperamos.

Voltando-se para os amigos: – Ele vem jantar. Com mais quatro pessoas. Vocês me dão licença. Preciso tomar algumas providências.

D3

Passou a chave na porta, andou rapidamente até o quarto, largou bolsa e dois embrulhos sobre a cadeira, tirou a roupa – que jogou desordenadamente sobre a cama – e entrou no chuveiro. Vestiu um roupão e foi à cozinha.

Uma refeição ligeira e ligo logo a tevê. Não quero perder o programa. Ainda bem que hoje é meu dia de comer só frutas. E um pouco de queijo também; não é isso que me fará perder a linha. O que é preciso é saber contrabalançar: quando como arroz, não como batatas, quando como batatas, evito massas. Um dia por semana só frutas. E ginástica sempre. Dá um pouco de trabalho, mas compensa: quando experimento um vestido e cai como uma luva (como me dizem frequentemente os costureiros); quando os homens olham para meu corpo. Não adianta ter só rosto bonito, cabelo longo e sedoso. Não; isto não é suficiente. É preciso manter a linha. Caso contrário, estaria onde estou agora?

Abriu a geladeira, tirou uma maçã, uma pera, cortou duas fatias de queijo, preparou um suco de laranja. Pôs tudo numa bandeja, levou para o quarto. Ligou a tevê, afastou para um lado as roupas que espalhara sobre a cama, ajeitou o travesseiro e recostou-se. Anúncios. O programa ainda não começara. Lentamente, passeando os olhos pelo quarto, foi comendo a maçã. Com casca.

Assim que terminar, guardo estas roupas, dou ordem nisto tudo e me visto. Tenho ainda muito tempo; com certeza ele só vai chegar depois de meia-noite. Como sempre. Mas, seguro morreu de velho: não gosto que ninguém me encontre desarrumada – muito menos ele. Abro logo os embrulhos, penduro os vestidos. Na próxima semana uso o vermelho, quando fizermos a reunião. Ele prometeu que convidaríamos alguns amigos para inaugurar o apartamento. Há mais de um mês vem prometendo. Vai ver está com medo que ela descubra. Medroso, covardão! Todo cheio de preocupações, nunca arrisca nada. Receio de ser visto em público comigo, receio de que alguém fale, receio de que eu telefone para a casa dele. Bolas! É claro que não dou meu nome; milhões de pessoas telefonam para lá, como é que vão saber que sou eu? Se ele me dissesse onde está e quando volta, eu não precisaria ficar perguntando.

Tomou o suco de laranja, levantou-se, sintonizou melhor a tevê. Pegou, na mesa de cabeceira, uma revista já um tanto amarfanhada. Voltou algumas páginas, encontrou a que procurava.

O chefe de família exemplar. Em suas horas de lazer. Camisa esporte, colarinho aberto, cachimbo displicente. A mulher num *chemisier* impecável, pernas cruzadas, mão direita sobre o joelho; dedos longos, unhas pontudas. Entre os dois a filha. Um garoto em cada braço do sofá. Outras fotos: no jardim, no extenso gramado, junto à piscina, a mulher segurando enorme *collie*. Não entendo por que, com todo esse dinheiro, ela ainda não mandou dar um jeito no nariz. Será que nenhuma amiga tem a franqueza de sugerir? É um absurdo ficar exibindo esse nariz de papagaio. Sorte da filha, que é a cara do pai. Virou algumas páginas: modelo mais bem paga do país, disputada por grandes costureiros nacionais e internacionais, retratada por pintores famosos. Releu as legendas. Observou cuidadosamente as fotos. Nesta eu podia ter erguido um pouco mais a cabeça. Teria ficado melhor. Fechou a revista. Sorriu. Nós duas no mesmo exemplar. Só pode ser gozação. Ele não deve ter achado graça nenhuma. Eu até que me diverti. Mas não fiz nenhum comentário, é claro.

Levou a bandeja para a cozinha. Deixou-a sobre a pia. Quando voltou, sua imagem já estava no vídeo: a câmera o focalizava e o apresentador introduzia o programa. Acomodou-se e ficou atenta.

Não quero perder uma palavra. Já conheço uma porção dessas siglas; é preciso a gente mostrar interesse. Sei que ele gosta. Embora diga, sempre que estamos juntos: por favor, vamos mudar de assunto, pelo menos agora quero me desligar dessas preocupações. Mas diz isso da boca para fora. Tenho certeza de que, no fundo, ele fica satisfeito por saber que acompanho seus movimentos, dia a dia.

— *sendo, portanto, necessária a imediata alteração da infra-estrutura do processo —*
— *o volume de capital canalizado para essa área possibilitará nova fonte de —*
— *no intuito de beneficiar o usuário, adotaremos medidas que facultarão sua —*

Desviando a atenção do vídeo apenas para se desembaraçar rapidamente de um telefonema, assistiu ao programa do começo ao fim. Desligou a televisão.

Guardou roupas, pendurou vestidos, limpou cinzeiros, trocou de lugar alguns objetos. Verificou se o apartamento estava todo em ordem.

Ao som de *Feelings* e *She*, maquiou-se e vestiu-se. Enquanto esperava, para não se impacientar, pegou uma fotonovela.

Era quase uma hora quando ouviu passos e ruído de chave. Fechou a revista.

Jantar em Fazenda

Casal anfitrião: ela: filhinha de papai, rica, muito bem-posta na vida, sempre maquiada, sempre muito bem cuidada, impecável seja cidade ou campo. Faz 38 graus, ela não sua: cílios postiços, base, "blush-on", sob o sol ardente, ela vai ver o gado e não sua. Simpática, entretanto.

Ele: o paradigma do príncipe consorte. De seu mesmo – além do corpo, é claro – entrou com o nome de família. Recebe bem. Antipático que procura ser amável. Trabalha – ou faz que – com o sogro, naturalmente.

Mãe da anfitriã: preciosa. (Eu sou do asfalto, só gosto de conforto, nunca peguei numa panela.) Vive de rendas e coleciona maridos, todos eles aceitos nos lares os mais convencionais. Pudera, não tivesse ela Cr$ 3.000.000,00 de renda por mês – ou por dia? Esse negócio de cifras muito altas me perturba um pouco.

Marido da mãe da anfitriã (o recentíssimo): simpaticão, "bon-vivant". Vai a Londres e a Paris como se fosse à esquina comprar cigarros. Dócil como um cordeiro, põe e tira o casaco de acordo com o frio que a mulher sente – atire a primeira pedra quem não o faria a Cr$ 3.000.000,00 por mês (ou por dia).

1º casal convidado: ela: profissão: herdeira. No decorrer de dois rápidos anos, perdeu pai, mãe e riquíssima tia sem filhos. Comprou fazenda, próxima à da anfitriã, onde faz misérias:

derruba morros, desvia curso de rio, aplaina, destrói, constrói, inaugura pavilhões, contrata empregados, despede empregados, oferece churrascos, almoços, banhos de piscina, banhos de cachoeira, jogos ao ar livre e ao ar condicionado. É a própria ebulição em seu mais alto grau.

Ele: justiça se lhe faça, não posa (como o anfitrião) unicamente de príncipe consorte. Exerce alto e bem remunerado cargo em grande indústria. O que lhe torna mais suave o papel de marido de herdeira.

2º casal convidado: ela: tal como a mãe da anfitriã, também detesta a vida rural. Só vem à fazenda quando não consegue evitar, quando o marido (fazendeiro na zona há longos anos) insiste demasiado. Não se interessa por nada que diga respeito à vida agrícola. Passa pelas plantações e não olha. Passa pelo gado e afunda o nariz no lenço rescendendo a "Cabochard". Vai direto ao interior da grande casa colonial, de onde só sai para a piscina. Ou de retorno à capital. Numa única vez em que se dispôs a andar a cavalo, apanhou um carrapato – o suficiente para fazê-la jamais repetir a façanha. Só vem à fazenda, de quando em quando, para não aborrecer o marido. Em atenção a seus milhões, que não convém perder.

Ele: o verdadeiro "homo ruralis", o caboclão genuíno, simpático, generoso, de fala arrastada, o erre um tanto acaipirado. Sem requinte, sem prosápia. Só tem na vida um arrependimento: é não se ter casado com uma mulher um pouco mais rural.

Eu: mas como posso eu própria dizer o que sou ou o que deixo de ser? E que faço entre essa gente?

– ele pediu um absurdo, mas acabou cedendo. Paguei ótimo preço. Fiquei com as cinco.

– Gir?

– Não, Santa Gertrudis. Dentro de um ano vão valer o dobro.

– ... felizmente foram embora ontem. Quando eles chegam não se tem um minuto de sossego.

– Os mesmos que conheci em sua casa?

– Não. Desta vez a empresa mandou outros. É a primeira vez que estes vêm. E foi aquela chatice de mostrar tudo. São Paulo "by night" inclusive.

– ... estão um pouco magras, mas com bom trato você vai ver como vão ficar. É lucro na certa.

– Este negócio de gado não me seduz muito. Prefiro lavoura. Você já notou como o maracujá está entrando aqui na zona?

– Desculpe a franqueza, mas esta história de maracujá, uva, tomate... isto é coisa pra sitiante. Fazendeiro que se preza cuida mesmo é de gado.

– Sendo latifundiário, é claro. Aliás, o Incra –

– ... desta vez não pude trazer muita coisa. Deixei as compras para o fim, e na última semana foi um convite atrás do outro. Almoços, jantares. Só íamos ao hotel para dormir e trocar de roupa.

– Eles também estavam em Paris?

– Não. Estavam em Londres. Mas falamos com eles diversas vezes. Você sabe, lá o serviço telefônico não é esta droga que temos aqui. Aliás, quando a gente chega do exterior estranha tudo; aqui nada funciona.

Eu: muda. Cabeça em pingue-pongue, ouvidos em várias faixas, olhos circunvagantes irresistivelmente atraídos para as pintas do simpático dálmata refestelado no tapete. Tremenda fome; será que esta gente nunca vai parar de beber? Dez horas e nem vislumbre de jantar.

– ... trouxe umas mudas do Japão. Ficou entusiasmado.

– E que espécie de adubo ele usou?

— Não tenho bem certeza, mas parece que...

— ... a própria esquerdinha. Agora só se dá com intelectuais, e está com umas ideias que você nem imagina. Para ela somos todos burgueses e quadrados.

— Fosse eu o marido, já tinha dado um basta há muito tempo. Ela usa o termo "burguês" como o pior insulto. Outro dia, em sua casa, só para provocar, declarei alto e bom som: sou burguês com a máxima honra, sou racista e pertenço à TFP. Quase apanhei.

— Por que ela não pega na enxada ou não vai à Rússia ver como são as coisas por lá?

Eu: muda. Cada vez mais faminta. Preciso disfarçar e entrar na conversa. Como? Em que faixa? Experimento cavalos? Tenho um certo fascínio pela espécie. Começo pelos de raça ou por pangarés? De corrida ou simples montaria? Talvez seja preferível a faixa da viagem. Paris? Londres? A última peça a que assisti em Londres...

— ... deve ficar pronta no próximo mês. A outra era muito pequena. Se chegavam alguns amigos nem se podia nadar direito. E esta tem água corrente.

— ... já está tudo arado. Mas temos o problema da água. Talvez seja preciso colocar um pequeno motor.

— ... é o máximo da pornografia. Acho que aqui a censura teria cortado mais de cinquenta por cento.

Eu: muda. Já está dando na vista. Ânimo. Um pequeno esforço. Um pouco de boa vontade. Afinal não é tão difícil assim. Uma frase, uma pergunta qualquer. Receitas culinárias, quem sabe. Suculentas. Apetitosas. Um incentivo talvez, para que a anfitriã mande servir o jantar.

— ... é incrível, por dá cá aquela palha eles vão se queixar na Delegacia do Trabalho.

— E a gente leva processo em cima, tem uma série de aborrecimentos, e...

Volto-me para a dona da casa, nesse momento a meu lado, e pergunto-lhe se já havia experimentado aquela fabulosa receita de patê francês da tia —

— Sim, faço sempre. Aqui em casa todos adoram. Mas ainda melhor do que aquela é uma que consegui em minha última viagem a Paris. Você nem imagina que deli —

A essa altura, porém, sou obrigada a ouvir uma receita de *mousse au chocolat* que, do outro lado do sofá, escorre em decibéis mais altos.

Três, quatro, cinco receitas. Isto é sadismo. Não aguento mais.

Levanto-me, peço licença, vou ao toalete. Puxo a banqueta para junto da luz, tiro da bolsa um livro. Quando estou quase terminando o conto (ele não encontrou Godfrey, não vai encontrar nunca), batem à porta.

— Você vai demorar? Está precisando de alguma coisa?

— Não obrigada. Já vou. O zíper da minha calça enguiçou; eu estava tentando arrumar.

— Posso mandar servir o jantar?

Na voz mais amável que consigo: — Pode sim. Já estou indo. Não se preocupe comigo.

Minutos mais tarde, duas mulatinhas, engomadamente uniformizadas, depositam sobre o aparador as primeiras travessas.

HD 41

– apresentado a empreiteiros e firmas de terraplenagem o trator HD 41, de fabricação americana: remove qualquer obstáculo à sua frente. (Segunda-feira, 18-9-1972 – Jornal Nacional – Rede Globo de Televisão.)

– Nova York na linha para o senhor.

– Peça para a Gebê aguardar um instante. Receba o diretor da *Corporation*. Avise ao superintendente que o atenderei dentro de meia hora.

– E o diretor do jornal?

– Às 11.

– Mas o senhor tem reunião de diretoria.

– Encaixe em minha agenda. Esprema os horários. Dê um jeito.

Sim, tudo certo. Contrato pronto, relatório também. Irei esperá-lo. Fique tranquilo, tudo em ordem.

Desligou o telefone; pegou o outro, terminou a conversa interrompida com a GB. Correu os olhos pela sala imensa, suspirou fundo. Não ia ser fácil esse dia. Fizera uma primeira refeição bastante reforçada, pois já sabia que não poderia contar nem com o horário do almoço. Dar-lhe-iam tempo, a cada duas ou três horas, perguntou-se inquieto e irônico, para um rápido pipi? Depois, cinco minutos de alívio completo, desligamento total – lavava o rosto com água fria, respirava fundo, fechava os olhos, encostava-se nos ladrilhos úmidos da parede. Tomava uma pílula e voltava refeito. Pronto para recomeçar. Fizera isto em outros dias, em inúmeros outros dias iguais a esse. Piores talvez. Se aguentara até então, por que o repentino desânimo, o mau humor sem razão aparente? Não chegara onde queria? (ou quase?) De que se queixava? Aguentara durante anos e anos. Mais alguns e podia parar.

– O senhor atende?

– Não. Toda a vez que ela telefonar a senhora diz que estou em reunião, que saí, que viajei, o que a senhora achar mais conveniente.

– E a que ligou ontem à tarde?

– Quando não estiver muito ocupado ou com algum negócio importante, atendo.

– De sua casa também telefonaram pedindo para o senhor ligar para lá assim que puder.

Mulheres, a própria, as outras, todas sem o menor senso de oportunidade, ligando às horas mais inadequadas, às de maior movimento, às de negócios mais importantes, e para quê? Para coisas sem a menor importância, para bobagens, perguntas tolas, conversas inúteis. Por temperamento, por educação era amável com todas, quando não as conseguia evitar. O chato era que quase sempre o início partia dele: aquela sensação de deslumbramento a cada nova conquista, a euforia, a quebra do tédio, e a nova imagem sobrepondo-se a: cifras, contratos, relatórios, faces sisudas, almoços, jantares, banquetes, homens de terno azul-marinho, camisa impecável, gravata sóbria (cortada de quando em quando pela berrante alienígena). A imagem recém-descoberta e amada. Pouco durava, entretanto. Logo sobrevinham náusea, tédio, as inevitáveis chateações do rompimento sem motivo, a insistência, a incompreensão. Era preciso muito tato. Na realidade, não gostava de magoar as pessoas. As mulheres geralmente são sensíveis, ressentem-se com qualquer coisa, apegam-se demasiado e, o pior, têm aguçado senso de propriedade. Arvoram-se logo em donas: controlam, fazem perguntas, tudo querem saber. Bem difícil, muitas vezes, a volta ao descompromisso, à disponibilidade.

(Trecho de carta, sem data, esquecida entre as folhas de um relatório:

– você é amável, educado mas sempre distante, sempre na defensiva contra qualquer espécie de relacionamento que possa ou pareça implicar algum compromisso. E, entretanto, eu te amo da maneira a mais desinteressada possível: jamais quis ou esperei receber qualquer coisa. Sua posição não me deslumbra, seu prestígio nada significa para mim. Gosto de você apenas.

O que não consigo entender é a rapidez com que murcha e se deteriora uma emoção que parecia profunda. O que não consigo entender é o súbito e imprevisível fim de um entusiasmo que se mostrava imenso. Recuso-me a aceitá-lo como um farsante. Bem sei que tudo apodrece com o decorrer do tempo. Mas, frequentemente, a corrosão é gradativa, a não ser que outros fatores apressem o fim; o que não foi o caso, e nem tempo houve para tanto. É inexplicável para mim –)

Ela jamais conseguiria entender. Inútil qualquer explicação, nem ele tentaria. Se para si próprio não conseguia explicar, como iria fazê-lo para outra pessoa? Às vezes, em noites de insônia, procurava chegar às origens desse fastio, desse desencanto brusco e prematuro. Fazia mil conjecturas, lembrava-se de seus estudos, do início de sua profissão, dos anos árduos que passara estruturando os alicerces em que agora se apoiava. Bem cedo traçara-se a meta: viria em último plano tudo aquilo que não se referisse a seus estudos, sua carreira profissional; mulheres, amigos, diversões – tudo seria secundário. Era preciso, antes de mais nada, acumular instrumentos de trabalho: cursos e mais cursos (universitários, de extensão universitária, de línguas), pós-graduação, anos de especialização no exterior. Fora a própria e o inglês, é óbvio, falava com fluência três línguas. Quanto a diplomas, qualquer dia precisava verificar os que possuía. Esse fastio brusco e injustificável em relação a pessoas, mulheres sobretudo, talvez remontasse à época em que se habituara a não se prender emocionalmente a ninguém. Divertia-se com moças e rapazes, saía com garotas, é claro; tivera inúmeras aventuras amorosas – tudo como uma espécie de higiene mental, como se fizesse ginástica ou praticasse esporte.

– O senhor está se atrasando para a reunião.

– Já vou. Estou acabando de verificar este relatório. E os outros?

– Estão todos dentro da pasta.

Quase três horas de ginástica mental, exaustiva, irritante. Agitada a reunião: debates, discussões calorosas, pontos de vista obtusos, empedernidos. Tivera ímpetos de partir para a ignorância com um dos diretores. Como é que um bestalhão desse quilate chegara até ali? Ninguém percebia? Iam deixar um sujeito daqueles opinar sobre as resoluções mais importantes? Chegaram finalmente a um acordo, pelo menos no que se referia a itens prioritários. Voltou ao escritório, entrou por uma das portas laterais, mandou buscar um suco de laranja e um sanduíche. Enquanto aguardava recostou-se no sofá. Na sala contígua já havia gente à sua espera.

– O senhor precisa de mais alguma coisa?

– A senhora ainda estava aí? Já devia ter saído. Ainda tem alguém à minha espera?

– A moça que fez as fotografias. Quer que o senhor veja se ficaram boas.

– Ela bem podia deixar isto para outra hora. Afinal de contas, não pedi tanta pressa assim. Nosso estande não vai ser montado amanhã.

– Quer que diga para ela voltar outro dia?

– Espere um pouco... Não. Prefiro resolver agora. Assim já me livro disto. A senhora pode sair. E, por favor, avise ao motorista que descerei dentro de meia hora.

O carro último-tipo-grande-preto, como todo carro de executivo que se preza, subiu a avenida – este trânsito é sempre de amargar, mesmo não sendo hora de *rush* e esta chuva que não passa há duas semanas, chove sem parar, a cidade cheirando a esgoto, a gente cheirando a mofo – desceu a avenida, parou no sinal, desviou para a direita – antes a gente podia dobrar à esquerda agora tem que fazer este desvio e nestas quadras o trânsito virou lesma (quando consegue se mover) – pegou outra avenida, enveredou para os Jardins – o jardim está que é só lama, com certeza as plantas mais fracas vão morrer, não é possível aguentar tanta água, as crianças resfriadas, irritadas, todo mundo enervado, as pessoas ficam neuróticas antes do tempo – entrou numa rua arborizada, parou em frente ao 135, o motorista desceu para abrir o portão – se o tempo continua deste jeito provavelmente amanhã cedo não vai haver teto e eu vou ficar plantado no aeroporto pelo menos umas duas horas, vou até levar alguma coisa para ler ou aproveito para dar uma última espiada nos relatórios – subiu a rampa, parou junto à porta de entrada.

– Muito trabalho hoje, meu bem? Cansado?

– Extenuado.

– Quer que mande servir logo o jantar?

– Não. Nem sei se tenho fome. Mande estas crianças diminuírem o volume da televisão e fazerem menos barulho.

Tomou um banho demorado, jantou pouquíssimo, deu algumas palavras com a mulher e os filhos, meteu-se na cama. Imergiu no Simenon que começara a ler na noite anterior. Para um bom *relax* nada como um policial bem escrito – receita muitas vezes útil aos homens de empresa, antes de apelarem para os comprimidos.

Et il couvrait le jeune avocat d'un regard ironique. Celui-ci ne pensait evidemment pas un mot de ce qu'il disait. Cela faisait –

— Preciso sair mais cedo amanhã. Vou ao aeroporto esperar um diretor que chega de Nova York. Vai ser um dia daqueles...
— Quando é que você não tem um dia daqueles?

— pas moins influencé par la présence de Maigret et il fut un bon moment avant de s'y retrouver dans ses notes.

— Não sei se o motorista foi avisado para vir mais cedo.
— Provavelmente foi. Não se preocupe. Você precisa descansar. Veja se consegue dormir.

Pôs o livro de lado. Deu uma espiada no que a mulher estava lendo. Como é que ela consegue aguentar esta merda açucarada? Preciso urgentemente melhorar o gosto literário de minha mulher. Levantou-se, foi à biblioteca, procurou três autores: Rubem Fonseca, Osman Lins, Dalton Trevisan. Deixou os livros sobre a mesa de cabeceira da mulher, dizendo apenas: quando você terminar, leia estes que são bons. Tomou um comprimido e deitou-se de novo.

Aeroporto, hotel, companhia, diretores, almoço, companhia, diretores, planejamento, relatórios, cifras, perguntas e mais perguntas, esses executivos que chegam querem se inteirar de tudo num só dia, será que eles nunca se cansam? Às sete da noite breve pausa para: beijos rápidos na mulher e nos filhos, chuveiro, terno azul-marinho, camisa Pierre Cardin, gravata também Cardin, abotoaduras de ônix, e antes de sair para o jantar: — Na próxima semana eu talvez precise dar um pulo a Nova York.

– Você ou nós?

– Se você quiser ir, meu bem, é claro que acho ótimo. Mas vai ser uma viagem muito rápida e vou trabalhar o tempo todo. Não sei se valerá a pena. Em todo caso, você é quem sabe. Quando eu voltar conversaremos. Estou em cima da hora.

(Mulher fazendo tricô e assistindo a – ou antes ouvindo – programa de tevê:

Música eletrônica (bg)

Dando início a nosso programa "Homens de Empresa", pretendíamos trazer hoje para os senhores uma extraordinária personalidade: Dr. Horácio José Leme da Silva Dias, conhecido no mundo empresarial como o fabuloso HD.

Mulher ergue os olhos do tricô

Videoteipe:
HD entrando na empresa
HD em sua sala
HD sentado à sua mesa
Close:
HD

Famoso por sua assombrosa capacidade de trabalho, Agadê é considerado um dos cérebros mais geniais entre os que atuam na empresa privada do país. No decorrer de sua carreira profissional, brilhante e incrivelmente rápida, Dr. Horácio José tem ocupado posições de relevo nos setores financeiros e econômicos; e sua atuação na empresa que dirige tem sido das mais importantes e significativas. Infelizmente, para o nosso telespectador e para nós, Dr. Horácio José (ou Agadê) precisou viajar para Nova York. É assim o mundo dos negócios: implacável e exigente.

Nossos empresários, em virtude de seus compromissos, podem estar hoje em Nova York, amanhã em Paris, depois de amanhã em Tóquio.

Mulher ouve o filho chamando, larga o tricô sobre a cadeira, ergue novamente o olhar para o vídeo.

Close: *Mas, não se sinta logrado o telespectador:*
Apresentador *Dr. Horácio José, antes de viajar, teve a gentileza de nos telefonar avisando que enviaria para substituí-lo um de seus assessores diretos, que temos agora o prazer de apresentar.*

Close: *Trata-se de um jovem economista, bastante*
Entrevistado *conhecido, atuando junto a* —

levanta-se e vai ao quarto do menino.)

Four Seasons. Gosto deste lugar. Já está se tornando um hábito: não há uma vez que venha a Nova York sem que dê uma chegada até aqui. Melhor seria se esta moça falasse menos, ou não falasse nada. Bonita, alinhada, benfeita de corpo; mas demasiado falante para meu gosto. Será que ela vai apreciar devidamente um jantar no *Marmiton* ou é dessas que não distinguem um *Camembert* de um *Brie?* Também já estou pedindo muito. Contanto que não me venha sugerir o *Latin Quartier* ou qualquer outro com show feito sob medida para turista; isso eu não aguento. Seria ótimo se ela concordasse em ouvir um pouco de música no Village, *gospels* e *spirituals*, antes de irmos para o hotel. Andei demais no Metropolitan e depois na Guggenheim; afinal de contas, depois de tanto trabalho; pelo menos uma tarde reservei para fazer aquilo de que gosto. Nunca posso ver as exposições que me interessam. Será que algum dia terei tempo para pintar? Um último contato amanhã cedo, compras para minha mulher (provavelmente não poderei fazer todas), um presente para cada filho, e depois *back to Brazil*.

— Fez boa viagem, meu bem?

— Ótima. E em casa, e vocês? Tudo em ordem?

— Tudo bem. Os meninos queriam vir, mas achei preferível não perderem aula. E assim a gente conversa melhor, estou ansiosa para ouvir as novidades.

— Não tenho muito o que contar. Trabalhei como um alucinado.

— Mas à noite, pelo menos, você deve ter saído, deve ter visto alguma coisa, show, teatro, ou –

— Só fui a cinema; duas vezes: Bogdanovich e Peckinpah.

— Você não viu nenhum musical?

— Não. Preferi ir ao cinema; me descansa mais.

— Francamente, não vejo como a violência do Peckinpah possa descansar alguém.

— É uma outra espécie de violência. A gente passa de uma violência real, cotidiana, para a condição de espectador. E isto descansa, atua como um *relax*. Para mim, pelo menos.

— Por falar em descanso, depois que você abrir a mala, conversar com as crianças, comer alguma coisa, etc... é bom descansar um pouco porque hoje você tem um jantar.

— Ah, essa não! Não é possível! Mal cheguei. Estou exausto.

— Fiz tudo para evitar, mas já telefonaram duas vezes. É importante; precisam de você sem falta.

— Está vendo? É esta a espécie de violência a que me refiro; o sujeito chega extenuado, depois de um trabalho insano, depois de horas e horas de voo, quer ficar em casa com a mulher e os filhos, pelo menos neste dia, e não pode. Tem que se vestir e ir a uma chatice de um jantar.

— Desculpe, meu bem, mas você é pago para isto.

— Eu sei. Não é preciso que você me lembre. Acontece que hoje não vou a droga de jantar nenhum.

Mas foi.

(Considerações de um executivo, bastante chateado, durante um jantar:

– *morremos cedo, o desgaste do organismo humano tem limites. Somos peça básica da engrenagem, eixo propulsor, ponto de apoio, seja lá o que for, o caso é que nada funciona sem nossa presença, sem nossa assinatura. E o desgaste é imenso, prematuro. Somos regiamente remunerados, temos livre acesso aos figurões mais importantes do país, conhecemos (e possuímos) mulheres fabulosas, viajamos, nos hospedamos em hotéis de luxo, temos carros e motoristas à nossa disposição, comemos e bebemos do bom e do melhor – mas, e o que nos pedem em troca?*

Somos verdadeiros tratores aplainando os caminhos da empresa. Quando resolvermos (ou pudermos) parar, quanto tempo ainda nos sobrará?)

Mais dois anos, que HD passou: em reuniões de diretoria, recebendo empresários do país e do exterior, em voos domésticos e *overseas*, fazendo relatórios, assinando contratos, confabulando com grandes banqueiros, tendo ideias brilhantes para projetar o nome de sua empresa (ideias que evidentemente não foram: patrocínio de edições de luxo, exposições de artes plásticas, concessão de bolsas de estudo – campo já bastante explorado). No decorrer desse período amou e teve, além da própria, 5 mulheres: 3 um tanto chatas, 1 razoável, 1 fabulosa. Nos poucos fins de semana em que conseguiu sair da capital, tentou descansar em seu apartamento no Guarujá ou sua fazenda em Campinas. Nos primeiros meses desse segundo ano, apresentou graves sintomas de um *nervous breakdown*. Tirou férias, voou para a Suíça, passou 40 dias em Lausanne, à beira do lago. Voltou mais dinâmico e eficiente do que nunca. Jamais a empresa admirou tanto, como nessa época, sua capacidade de trabalho, seu espírito criativo e empreendedor. Foi então que se pensou em seu nome para a presidência. Já se cogitara disso anteriormente, mas de certa maneira um tanto vaga, pois, além do seu, outros nomes havia qualificados para preencher cargo de tal importância. Mas, desde que HD ao voltar da Suíça reassumira suas funções, os outros nomes foram-se aos poucos apagando.

Casa cheia, movimentada. Amigos chegando, telefone tocando sem parar, garçons de um lado para outro, champanhe, uísque, bandejas com salgadinhos. Cumprimentos e mais cumprimentos. Euforia geral, mesmo a de alguns diretores ressentidos, que tentavam dissimular a decepção sob o sorriso e o abraço com que cumprimentavam o novo Presidente: Dr. Horácio José Leme da Silva Dias. Aturdido, era levado ora para uma sala, ora para outra; chegavam-lhe aos ouvidos palavras cujo sentido lhe escapava, recebia abraços, tapinhas nas costas, via gente amiga, gente com quem mantinha relações distantes, parentes – e o aturdimento crescendo. Uma nuvem negra escureceu-lhe subitamente a vista, pontinhos brilhantes dançavam à sua frente. Apoiou-se numa cadeira próxima, livrou-se de um abraço, subiu e trancou-se no banheiro. Lavou o rosto com água fria, respirou fundo, sentou-se na banqueta, encostou a cabeça nos azulejos. Assim que melhorou, resolveu descer; provavelmente já teriam dado por sua ausência. Foi de novo cercado, arrastado de um lado para outro, de uma sala para outra, em meio ao vozerio, a ruído de copos, risos, abraços, cumprimentos.

Todos os obstáculos removidos, HD na presidência.

Decisão

O menino pulou na frente do carro. Antes que o sinal abrisse, rapidamente limpou o para-brisas. Janelas fechadas, interior aquecido – fazia um frio insuportável – desci o vidro. A mão que apanhou a nota ainda estava úmida. Senti, numa fração de segundos, o contato dos dedos gelados. O sinal abriu: buzinas aflitas, engatei primeira e arranquei.

Não posso dizer que tenha sido esse o momento preciso em que me decidi. Como hipótese bastante remota e absurda, a ideia surgira havia algum tempo. Nos últimos meses transformara-se em obsessão. Para ser exata, posso apenas afirmar que nesse momento tive certeza absoluta de que teria coragem.

Pelo retrovisor ainda enxerguei o garoto rente ao meio-fio da calçada, flanela na mão, à espera de que o sinal fechasse novamente. Ajeitei a gola de peles, agasalhando melhor o pescoço. Atenta à movimentação de um trânsito de seis e pouco da tarde, segui em frente.

Sei que esse momento agiu como uma espécie de catapulta no desenrolar dos acontecimentos. Mas quando procuro razões, não chego a conclusão alguma. Cogitações de ordem social evidentemente não foram. Afinal de contas eu não estava assim tão preocupada com a miséria alheia, problemas de classe e injustiça social, a ponto de, movida por tais motivos, tomar alguma resolução drástica. Se bem que de vez em quando tivesse minhas crises de consciência: abria o armário, encarava com pasmo a quantidade de roupas, separava a metade (ou dois terços em crises mais agudas) e dava aos necessitados. Aos poucos, sorrateiramente, recomeçava a raciocinar com lógica: não seria a minha meia dúzia de vestidos que iria agasalhar a vasta nudez humana. E refazia o guarda-roupa.

Isso pode ter pesado, mas a razão não seria necessariamente essa. Havia uma ebulição interior que eu não conseguia apaziguar, e que me mantinha em permanente guarda contra o desgaste cotidiano. E havia sobretudo Djeibi. Teria preferido que ele fosse Zeca simplesmente. Mas José Benedito gostava do J. B. ou Djeibi. E fazia questão do som de ∂ antes do jota. Eu terminara o curso de Letras. Djeibi era de poucas letras e muitos algarismos. Proporcionava a uma mulher tudo aquilo que uma mulher de aspirações sensatas pode desejar: grande apartamento próprio com móveis, objetos e quadros caros; incríveis máquinas elétricas, incluindo aparelho de som (cujos botões eram tantos, que me foi necessário longo aprendizado antes que pudesse me utilizar deles); empregadas, carro, roupas de excelente qualidade. Mas nada me impressionava: eu crescera nisso. Queria coisa diferente, e Djeibi era a irremediável continuação desse mesmo vazio. Um equívoco, reconheço, cuja única justificativa seria talvez minha passividade a tudo que me cercava.

Outro sinal fechado. Dei uma espiada no espelho para verificar a maquiagem: estava em ordem. Djeibi gostava que sua mulher se apresentasse muito bem-arrumada. Eu podia usar e abusar de decotes ousados que ele não se importava. Percebia nele, em franco desenvolvimento, certa tendência que não estava nada nada me agradando; deleitava-se quando os homens me admiravam e cobiçavam; e depois, com ares de dono, passava a mão em mim e saía. Como se dissesse: podem desejar à vontade, quem dorme com ela sou eu. Além disso, eu já não conseguia conversar com Djeibi.

Ele se habituara a um jargão econômico e financeiro que me deixava profundamente irritada. Duas palavras, sobretudo, tinham o dom de provocar em mim sensações físicas de mal-estar: alíquota e liquidez. E eram pronunciadas talvez diariamente. Lembro-me de que depois passei anos e anos sem ouvi-las, até que certa ocasião, num bar de Nova York, depois de muita conversa e muito uísque esse jargão voltou à tona. Lembro-me também de que me recusei a passar a noite com o fulano. Eu, que nessa época já não tinha preconceitos, ainda os mantinha contra essa espécie de linguagem. Exagero ao dizer que não tinha preconceitos: jamais consegui ir para a cama com um homem, enquanto mantinha um caso de amor com outro. Tive muitos, inúmeros homens; mas um de cada vez. Talvez porque eu não fizesse disso profissão. Outra coisa: *big H* jamais experimentei. *Mainlining*, então, me apavorava. Se pretendesse morrer, teria escolhido outra forma de suicídio. No "Village", o grupo que eu frequentava experimentava de tudo. Eu também queria sensações. Novas e muitas. Mas *big H* e *mainlining* nunca. Aprendera a dosar o que me convinha e, tanto quanto possível, cuidava-me. Duas ou três vezes ultrapassei os limites. Sem consequências desastrosas, felizmente. Era bom, após certa quantidade bem dosada, ir a um teatrinho ouvir música. Os sons percorriam nervos, veias, artérias, miolos; o corpo todo fremia. Mas era preciso não ultrapassar a dosagem conveniente. Alguns ficavam estáticos, o olhar vítreo, totalmente alheios ao que quer que acontecesse. Como se não estivessem ali. Às vezes fazíamos uma incursão ao "Bowery". Eu não gostava. O espetáculo de mulheres e homens bêbados me deprimia. Sobretudo os velhos. Eram horríveis. Provocavam uma piedade enojada aqueles velhos trêmulos, babosos e cambaleantes. Um deles, certa noite, agarrou-me o braço com bastante força, apesar da embriaguez. Fiquei irritadíssima: dei safanões, gritei, perdi o controle. No quarteirão seguinte, já mais calma, pensei em Djeibi. Era raro pensar em Djeibi, eu o empurrara para um canto obscuro de minhas lembranças, mas nessa noite seu olhar reprovador me perseguiu durante horas. Se Djeibi fosse diferente, ou se tivéssemos tido um filho, eu teria feito o que fiz?

Deixei o carro no estacionamento e entrei no Hilton. Djeibi me esperava no saguão. Subimos para o coquetel. Apresentações, apertos de mão, sorrisos, frases abafadas pelo ruído, breves diálogos conseguidos a duras penas. Muito pouco português e muitíssimo inglês; de quando em quando algumas palavras em francês ou espanhol. Djeibi adorava exibir minha fluência em línguas estrangeiras. Sobretudo o inglês. E exultava quando os americanos queriam saber onde eu o aprendera e como conseguia falar sem *foreign accent*. De copo na mão, fui conhecendo diversas pessoas e trocando essas frases anódinas, características de qualquer coquetel. Lá pelas tantas, descobri uma mulher menos farfalhante, junto ao extenso vidro do teto ao chão. Olhava distraidamente a cidade iluminada e, a intervalos quase regulares, sorvia um gole de uísque. Imitei-lhe ideia e gesto. Ficamos ali paradas, bebendo em silêncio, olhos vagueando na imensidão de luzes lá embaixo. Grande escola me foram esses coquetéis: aprendi a beber sem perder a compostura. Sempre tive horror ao bêbado flácido que desaba sobre o que lhe está mais próximo, ou que segura o interlocutor pelo braço e fala cuspindo em seu rosto. Mas conheci alguns aos quais a excitação alcoólica dava um brilho intelectual fabuloso. Como um *scholar* meu amigo que, certa noite, ministrou-me verdadeira aula sobre crítica estruturalista e formas de criar textos com signos e palavras ainda não registradas nos dicionários. Fiquei empolgada. Isso, naturalmente, não aconteceu no decorrer de um coquetel. Foi em noite bem mais tranquila, onde se conseguia ouvir o que o outro dizia.

Levei um susto com a voz de Djeibi e sua mão em meu braço: – Que é que você está fazendo aí? Estou à sua procura há bastante tempo. Venha. Quero que você conheça Mr. Moor.

Tirada subitamente de suas cogitações, a moça ao lado também se surpreendeu. Dei-lhe um sorriso desalentado, e fui levada por Djeibi. Conheci Mr. Moor, a secretária de Mr. Moor, quatro ou cinco assessores de Mr. Moor. Mais conversa, uísque e, *en passant*, algumas outras apresentações. Djeibi não deixava escapar ninguém. Terminado o coquetel, ainda saímos para jantar. Um pequeno grupo, a cúpula. Aguentei bem, até o fim. Mas quando chegamos em casa, mal conseguia me suster em pé. Raciocínio flutuante, ideias que iam e vinham; uma delas firme, cristalizada: a decisão. No dia seguinte, tomaria as providências necessárias, o mais rápido possível.

Autodefesa inconsciente ou voluntária, no decorrer de todos esses anos raras vezes pensei nesse dia, nos subsequentes e, principalmente, em Djeibi. Agora, é como se tivesse eliminado esse lapso de tempo, e os fatos chegam-me à memória com exagerada precisão de detalhes. Já sobrevoamos Recife. Ainda temos algumas horas de voo. À medida em que se aproxima a chegada, desabam-me as defesas contra a presença de Djeibi, os sete anos que vivemos juntos, a estagnação e o vazio que me levaram à partida brusca. Nunca mais tive notícias de Djeibi. Imagino-o casado outra vez, com filhos; a mulher satisfeita e grata a tanto conforto, excelente consumidora de supermercados, grande freguesa de casas de queijos e vinhos, telespectadora assídua, cliente de psicoterapia em grupo. Terá suas compensações. Toda escolha tem seu preço; conscientemente tenho pago e continuo pagando o meu.

Passaporte em ordem, exigências preenchidas, algum dinheiro e muito pouca roupa, embarquei num cargueiro. Desses que transportam cerca de meia dúzia de passageiros. Anoitecer úmido, chuvoso, a cidade ao longe, luzes mais e mais esmaecidas, apitos roucos. Tudo induzindo a aguda melancolia. A sensação de alívio mais profunda do que qualquer outra.

Colagem

Meus olhos estão secos, minhas mãos não tremem. Interiormente desmorono. Pernas firmes (sei que a qualquer momento podem vacilar), dou alguns passos. Procuro uma cadeira. Todas ocupadas. Passo junto ao pequeno aglomerado de pessoas chorosas (quanto mais íntimas mais perto querem ficar, quando não íntimas fazem-se de) e não paro. Não exibo o espetáculo de minha dor. A dor deve ser solitária, ela me disse. Cerro os lábios, atravesso o vestíbulo e desabo no sofá da saleta. Não vou chorar, hoje não choro, ninguém me verá chorar, repito para mim mesma com uma insistência que me martela o cérebro num crescendo insuportável. Levanto-me em busca de um analgésico.

O tom da conversa vem em ondas cíclicas: sussurro que gradativamente se avoluma, atinge um máximo permissível (ou não), decresce, transforma-se em rápido instante de silêncio; e recomeça. Ouço frases, fragmentos de frases, palavras. Era, estava, fazia, gostava. No passado; já no passado todos os verbos.

Subo. Abro a porta de seu quarto. Alguém, em rápida arrumação, apagou vestígios de remédios. As janelas continuam abertas, (ela nunca as quis fechadas a não ser em noites de intenso frio. – Sabe, tenho certa sensação de liberdade quando elas estão abertas – me disse. – A gente vive sempre tão emparedada em compromissos, responsabilidades, vínculos, palavras. Há ocasiões em que sinto a palavra como verdadeiro muro bloqueando o pensamento), a colcha esticada recompõe a cama, sobre a mesa de cabeceira o abajur apenas: nenhum copo, nenhum livro, nem a esferográfica. Passo junto à poltrona, já agora em seu antigo lugar, e me aproximo da escrivaninha à qual ultimamente tantas vezes me sentei (ela me disse: – Se você tiver algum tempo e disposição, quer me ajudar a dar uma ordem em meus papéis? Passo a vida rasgando papéis e ainda há montes para rasgar). Abro a escrivaninha: alguns recibos e cartas, documentos, dois cadernos de anotações, três recortes de jornal: 1 – Importância de L. V. no Panorama da Atual Literatura Brasileira, 2 – Temática Urbana na Obra de L. V., 3 – Fotografia de L. V. (sob a legenda escrito a lápis e já bastante apagado: você nunca soube quanto). Prateleiras vazias, gavetas também. A pasta está comigo; consegui guardar (ela me disse: – Acho bobagem ficar juntando notas e artigos escritos sobre a gente. Orgulho tolo; só serve para ocupar espaço. Vamos rasgar tudo isto). Pedi-lhe para reler; alguns artigos me interessavam. E, caso ela não se importasse, poderia eu própria guardar a pasta. Se mudasse de ideia, era só me pedir. Apanho um dos cadernos de anotações:

Engolindo angústia e tédio. Céu nublado, garoa. Fim de semana é sempre assim. A umidade escorre, pegajosa. Desço vidros, fecho portas. Trancada. Procuro o que fazer. Sempre há o que fazer. Leitura, música, arrumação em papéis (urgente e eternamente adiada), mil e um programas, a cidade regurgita de apelos e, com um bom agasalho, até que daria para enfrentar esse chuvisco. Da pilha de livros sobre a mesa de cabeceira (qualquer dia se desequilibra e desaba) retiro o Poema do trigésimo dia: *leio e penso na injustiça que se está cometendo para com Sérgio Milliet. Ainda é cedo para que se proceda a uma revisão, considero à guisa de consolo. Qualquer dia aparece um fulano e fica dono do assunto: faz o levantamento da obra, disseca a + b, reduz tudo a equações, e*

S. M. volta à tona em letras e algarismos. Levanto-me, ouço Everybody's out of town. *Som péssimo, essa faixa demasiado gasta. Amanhã sem falta vou comprar outro igual, é o que digo para mim mesma toda a vez que ouço este disco. Há também a solução de telefonemas para amigos, reunião improvisada, uísque, conversa madrugada adentro, domingo imerso em sonolência, e a segunda-feira recolocando tudo em seus mesmos e devidos lugares. Recomeça-se.*

Recomeçava. Com paciência e bom humor. (O importante – ela me disse – é a gente estar sempre fazendo alguma coisa. Alguma coisa de que se goste muito e em que se esteja profundamente empenhada. Os senões passam a não ter importância, e a gente se irrita menos.) Guardo o caderno, fecho a escrivaninha. Vou ao banheiro, lavo o rosto, penteio-me e desço.

Mesmo que não permaneça longo tempo, mesmo que consiga escapar e suba outra vez, é preciso que eu entre na sala. As pessoas fazem questão de me abraçar, de falar comigo. Não entendem que não quero nada, ninguém. Que mal distingo rostos em meio à movimentação soturna. Em destaque, o aglomerado choroso. Fico à distância. Mais gente chegando. Palavras vazias, lamentos inúteis. A alguns consigo responder por monossílabos. Meus olhos, secos, vagueiam de uma fisionomia a outra. Permaneço impassível. Não quero me comover. Aguento firme, em pé, minutos, horas; que sei eu de tempo? Pernas doloridas, músculos doloridos, saio da sala, cruzo rapidamente o vestíbulo em direção à saleta. Entro, fecho a porta, estendo-me no sofá. E a impassibilidade desmorona. Meus ombros são sacudidos por um choro convulso, incontrolável.

Leve pressão em meu braço. Paro, assustada.

– Continue chorando. Não se incomode de chorar na minha frente. Também vim aqui para isto.

(Mentira, evidentemente. Para que eu não fique constrangida. Nenhum sinal de lágrimas em seu rosto.)

– Como foi que não vi você entrar?

– Eu já estava aqui. Você chegou, jogou-se no sofá. Não olhou para nada. Eu estava na outra extremidade, em pé junto à janela.

Sentou-se. Permaneceu calado, o olhar fixo em mim.

– Ela sentia profunda admiração por você – falei.

– Éramos grandes amigos.

– Mais do que isso. Mais que amigos.

– Não. Grandes amigos. Não mais que isso.

Em silêncio, ambos. Eu: rememorando as inúmeras vezes em que ela se referira a L. V. Com ternura, admiração, mas sempre discreta; nunca percebi exatamente o grau de relacionamento entre eles. Era a primeira vez que eu o encontrava. Ele: absorto em suas lembranças, rosto vincado, olhos fundos.

Grandes amigos. Não mais que isso.

Noite quente. Depois de uma sessão de cinema, entramos num bar, pedimos um chope geladíssimo e um refresco.

– Nem chope?

– Não. Prefiro mesmo um refresco.

– Mas, afinal de contas, qual é o seu vício? Não bebe, não fuma, não joga. Não é possível que você não tenha nenhum vício.

– Uma amiga minha, depois de me fazer esta mesma pergunta, foi além: Você toma bolinha? quis saber.

– E você já experimentou?

– Não. Nunca me interessei. Tive vontade, isto sim, foi de fazer uma experiência com o ácido.

– E por que não fez?

— Covardia, talvez. Medo das consequências. Sei lá. O caso é que tive uma ótima oportunidade e deixei passar. – Ligeira pausa. – Em compensação, sou uma criatura cheia de defeitos.

— Quais, por exemplo?

— Sou egoísta, comodista, vaidosa, orgulhosa, preguiçosa. Está vendo? Só de saída me lembrei de cinco.

— Que exagero! Nunca percebi tudo isso.

— Os amigos geralmente não percebem; sobretudo quando querem ser amáveis.

Em silêncio, cada qual com sua bebida.

— Vamos ao meu apartamento ouvir um pouco de música?

— Não, obrigada. Sei que você tem ótimos discos, que nosso gosto em matéria de música é muito semelhante, mas prefiro não ir.

— Por quê?

— Não ficaríamos só ouvindo discos. Você sabe.

— E haveria algum inconveniente ou alguma consequência desastrosa se não ficássemos apenas ouvindo discos?

— Não propriamente. Isto é, não sei. Não sei se consigo explicar minhas razões ou meu ponto de vista.

— Pode tentar.

— Bem. Eu não quero ser em sua vida uma simples mulher de verão.

— Que história é essa?

— Mulher de verão. Dessas que duram dois meses, três no máximo.

— Francamente, é o cúmulo! Que péssimo juízo você faz de mim.

— Desculpe. Não estou fazendo juízo nenhum. Talvez eu não tenha conseguido me expressar direito. O que pretendi dizer é que você significa muito para mim. Ser sua amiga uma vida inteira é muito mais importante do que ter um caso com você durante dois ou três meses. Por mais fabuloso que este caso pudesse ser.

– E por que dois ou três meses? Poderia durar anos.

– Não. Não duraria. E acabaria modificando muita coisa em nossas relações – sorriu – que são ótimas como estão, você não acha? – já pronta para mudar de assunto.

Insisti. Argumentei. Utilizei-me de todos os truques. Meia hora mais tarde, visivelmente mal-humorado, deixei-a à porta de sua casa.

Grandes amigos. Não mais que isso.

Absorto em suas lembranças, o olhar além da janela. Magro, anguloso, nenhum sinal de barriga ou qualquer outra espécie de adiposidade (ela me disse: parece que ele se consome em sua própria energia: é um monstro de atividade física e intelectual).

Virou-se para mim. Seus olhos afundaram nos meus.

– Não vejo muita semelhança. Alguns traços de família, talvez. A voz, sim, tem o mesmo timbre. É quase idêntica.

– Muita gente diz isto.

– Os olhos eram maiores, mais escuros. E os dentes... Que vaidade, que cuidados com aqueles dentes.

– Nem isso sobrou – falei baixo. (Em seu caderno de anotações: *Se, no decorrer dos anos, eu tivesse cuidado de minha alma como cuidei de meus dentes, talvez estivesse mais bem preparada. De que me valerão, de agora em diante, estes belos dentes?*)

Em voz alta: – Foi bom que você não a tivesse visto ultimamente.

– Ela não quis. Achei que não podia insistir.

Telefonei quando soube. Assim que me senti capaz de conversar como se nada de anormal houvesse. Perguntas de ordem geral, de interesse comum, e depois:

– Na próxima semana vou aí ver você.

— Não. Por favor, não – a voz um tanto aflita.

— Por quê?

— Agora estou muito magra, muito feia. Espere um pouco, depois você vem.

— Adoro mulheres esbeltas – disfarcei.

— Acontece que no momento estou demasiado esbelta; – a voz mais tranquila – prefiro que você não venha já. – Pausa. – Mas quero que você me telefone sempre. Sempre que puder.

Telefonei mais três vezes. Na terceira, ela já não pôde atender.

— Vocês se viam com muita frequência?

— Não. Às vezes passávamos meses sem nos ver.

(Em seu caderno de anotações: *Alguns meses, um ano. Pouco importa. É como se o tivesse visto na véspera. Nada se modifica; a não ser nossa aparência física: uma ruga a mais, um fio de cabelo a menos. E o acúmulo de assuntos. Tanta coisa a saber, tanta a contar. Perco-me em detalhes. O essencial não digo.*)

Calado durante alguns instantes, e depois:

— Mas nunca perdíamos o contato. Conversávamos muito; a respeito de tudo. – Pausa. – Ela gostava de saber minha opinião sobre o que escrevia.

— Tinha profunda admiração por você – repeti. – Leu e releu tudo quanto você publicou.

— Adorava conversar sobre literatura. Às vezes ficava um tanto literata demais. Felizmente percebia a tempo e logo mudava de assunto. Ou eu próprio me incumbia disso.

Pouca gente. Apenas três ou quatro mesas ocupadas.

— Hoje vou tomar um aperitivo – disse assim que nos sentamos – para você não ficar fazendo gozações a respeito da minha sobriedade.

Um uísque e um *alexander*. E, de saída, o assunto foi literatura.

— Você sabe que é extremamente difícil para mim.

— Difícil por quê? Você acha que um escritor pode ficar se prendendo a essas besteiras?

— Não são besteiras. São imposições de uma situação. Você está farto de saber que a tendência do leitor é identificar o personagem ao autor. Se se escreve na primeira pessoa, então, a fusão é imediata.

— E você se importa com isto?

— Não é que eu me importe propriamente; mas imaginemos o seguinte: crio uma personagem: mulher de vida airada...

— Adorei esta mulher de vida airada. Não dá para você traduzir para puta?

— ... descrevo cenas de sexo, carrego nos palavrões, me movimento por lugares escusos, faço mil e uma tramoias, e tudo escrito na primeira pessoa. Você acha, sinceramente, que eu posso fazer isso? Com a minha educação burguesa, meu enquadramento em matéria de família; posição, status social, etc...?

— Merda, merdíssima para o seu status social e para todo o resto. Você é ou não é uma escritora?

— Sou. Ou pelo menos tento ser. Venho tentando há muito tempo.

— Então porra! Você não tem nada que se preocupar com aquilo que os outros pensam ou deixam de pensar.

— Acontece que eu não gosto de ferir as pessoas.

— A gente vive ferindo as pessoas. Por querer ou sem querer. Se você se prender a isto ou àquilo nunca há de escrever coisa que preste.

— Eu me lembro de que há alguns anos, a propósito mesmo de literatura, você me disse que sempre tivesse em mente esta frase de Shakespeare (se não me engano está em *Hamlet*): "And this above all: to thine own self be true".

— Você tem boa memória. Lembra-se da citação. Mas, pelo jeito, ainda não se utilizou dela.

— Aí é que você se engana. Precisamente por ser (ou tentar ser) "true" comigo própria é que não consigo...

— Porra! Não consegue porque é amarrada por todos os lados.

— Calma. Ainda não terminei. Daria para você conter um pouco este seu linguajar?

— Está vendo como você é amarrada? Este meu "linguajar" é o que uso para me dirigir aos meus amigos: homens ou mulheres. Você precisa aprender a aceitar os outros como são. Tem cabimento que eu não seja espontâneo com você? Que eu precise policiar o que digo? Se você prefere, começo a usar o tratamento de Vossa Excelência e termino com cordiais saudações.

— Também não precisa exagerar.

Chamei o garçom. Pedi mais um uísque.

— Chega de conversa séria. Vamos falar um pouco de sacanagem.

Ela precisava de uma sacudidela de vez em quando. Não que se mostrasse escandalizada, mas eu gostava de abalar aqueles alicerces demasiado estruturados. Antes que começasse, porém, ela se colocou na defensiva:.

— Sabe, tenho um amigo muito inteligente e sensato que tem uma teoria sobre o palavrão.

— Qual?

— Ele acha que o uso contínuo e excessivo (que é o que você faz) desgasta o palavrão, e este perde a força. Perde toda a carga, quando deve ser usado em lugar adequado e no momento oportuno.

Chamei novamente o garçom. Encomendei o jantar.

Olhou para mim, moveu ligeiramente os lábios, como se fosse dizer alguma coisa. Levantou-se, foi até a janela e voltou. Calado.

Instantes depois:

– Gostaria de ver o quarto dela.

– Agora?

Atravessamos o vestíbulo. Simulo pressa, evito parar. Fixo os olhos em frente, desvio-me das pessoas. Subimos.

Abro a porta. Sigo a direção de seu olhar: cama, poltrona, escrivaninha. E depois, vagarosamente, observa gravuras, desenhos, livros. Faz alguns passos, detém-se ante a parede recoberta de estantes.

– Os seus estão aqui à direita. Encadernados – mostro.

Apanha um dos volumes, procura a dedicatória, lê, recoloca o livro em seu lugar. Lentamente passa o olhar de uma prateleira a outra, examina algumas lombadas, demora-se à frente dos ingleses: Auden, Stephen Spender, T. S. Eliot. Pega *The Hollow Men*. Folheia o livro, guarda-o novamente. Dá mais alguns passos, para diante da escrivaninha.

Abro-a, tiro os dois cadernos.

– Quero que você fique com eles.

Diz apenas: – Obrigado.

Em seu quarto, sentado em sua poltrona. Em minhas mãos: suas anotações. Abro um dos cadernos, viro páginas, leio:

> *Algumas linhas de L. V.: Gostei de "Regresso" e "Solidão". Não gosto de "Infância". Não tenho conselhos a dar: você não precisa deles. Apenas um lembrete: "And this above all: to thine own self be true".*
>
> *Também não gosto de "Infância". É péssimo. Rasguei. Não serve nem como ponto de partida. Tentarei outro.*
>
> *Quanto à citação ("And this above all: to thine own self be true") acontece que a gente acumula, no decorrer de anos e anos, crostas de preconceitos, de regrinhas, de mesuras, tudo muito bitolado, muito certinho, e projeta nos outros uma imagem que não corresponde à realidade. Então nem sempre se consegue ser verdadeira consigo própria. Refletida no espelho encontramos a imagem que os outros formaram de nós. E, comodamente, a aceitamos.*

Mas, na hipótese de se deixar de lado a comodidade e tentar mostrar a verdadeira imagem, até que ponto seria isso possível? A que limites se pode estender a verdade? É lícito ser verdadeiro quando a verdade individual envolve outros? Gide, sendo fiel e verdadeiro consigo próprio, levou a verdade à extensão máxima. E eu pergunto: tinha o direito de escrever "Et Nunc Manet in Te"? Tenho dúvidas.

Sentado em sua poltrona, devassando suas anotações. Próximo. Alguma outra vez terei estado assim tão próximo? Ergo o olhar. Observo paredes, móveis, cada objeto. Por instantes, fixo-me numa reprodução de Rouault. Volto a olhar para o caderno, passo páginas e páginas. Leio:

Telefonema de L. V. Consegui falar. A princípio tive a impressão de que não poderia dizer palavra alguma. Foi um esforço sobre-humano. Dignidade, muita dignidade sempre – pensei. E não me permiti lamento ou voz chorosa (o que não foi nada fácil: quando desliguei o telefone suava em bicas, um suor gelado, a cabeça girava sem parar e o coração batia em ritmo descompassado). Conversar como se nada de diferente estivesse acontecendo foi realmente esforço sobre-humano. A certa altura, tive ímpetos de gritar meu pavor: estou acovardada, aterrorizada, revoltada. Às favas a dignidade. Tenho medo. Finjo calma, aceitação, ignorância. Mas estou apavorada.

Foi apenas um ímpeto, felizmente. Teria sido horrível se eu tivesse dito tudo isso. Ajeitei a cabeça no travesseiro, fiquei inerte. Mais tarde, quando pude, levantei-me e fui me olhar no espelho: olhos encovados em imensas olheiras, pele manchada, macilenta; nariz afilado, maxilar protuberante. E a magreza extrema.

Mais do que nunca estou decidida: ele não me verá assim.

De tanta coisa consegui me despojar (ou fui despojada). Dessa vaidade não consigo.

Não a verei. Quando descer, saio imediatamente. Não entro na sala.

Fecho o caderno, passo de leve os dedos pela capa. Perco-me em divagações.

O olhar vago. Nas mãos um caderno fechado, o outro sobre a banqueta junto à poltrona. Quero perguntar tanta coisa. Não tenho coragem. Calado ou monossilábico o tempo todo. Não posso forçar respostas. E talvez não haja outra oportunidade. Dentro em pouco preciso descer. Não sei quando o verei novamente; na verdade, nem mesmo sei se o encontrarei alguma outra vez.

Hoje não consigo. Talvez um outro dia possamos conversar. Nada encontro para dizer. Nada que eu dissesse teria sentido. Volto-me para ela em obstinada busca, à procura de qualquer traço ou gesto.

O olhar agora, observa-me o rosto, desce por meus braços, para em minhas mãos.

Levanto-me.

– Preciso descer – falo. – Vamos?

Ergue-se também. Ligeiro instante de hesitação, e pergunta:

– Posso ficar apenas mais alguns minutos? Desço logo em seguida.

Ali mesmo se despede. Diz que provavelmente não me encontrará embaixo. Não poderá ficar mais tempo. Assim que descer, irá embora.

Mudos, nos encaramos durante rápido momento. Meus olhos estão secos, minhas mãos não tremem. Interiormente desmorono. Estendo-lhe a mão, falo apenas:

– Quando sair, por favor, feche a porta.

Posfácio
No Foco, a Precisão do Instante

Delicada, de textura sutil como filigrana; firme, de gesto seguro como prata de lei. A maneira de ser se reflete na maneira de escrever. A contista Anna Maria Martins pode aparentar, à primeira impressão, a fragilidade feminina de alguém que precisa de proteção. No entanto, basta perceber seu olhar, e a acuidade substitui essa aparência. Um olhar que, lucidamente, foca o mundo e depois o fixa em instantes precisos, cortantes. Em meio a um mar de novos e velhos contistas, Anna Maria demarcou balizas para um estilo muito particular na narrativa de fôlego curto.

Tradutora profissional, leitora desde sempre, pesquisadora de talentos literários escondidos nos quatro quadrantes do Brasil, Anna Maria Martins vem de longe perseguindo e fruindo a literatura universal. Vê-se em seu estilo – sem qualquer hermetismo ou encantos gratuitos com a vanguarda do conto – que domina o foco narrativo, a posição sutil do narrador, a hábil trama de planos de tempo e espaço e, sobretudo, a frase enxuta, de substantivos e verbos reveladores. Não perdeu por esperar até os anos 70 e, com grandes intervalos, até os anos 80, para publicar seus três livros: *A trilogia do emparedado e outros contos* (1973), *Sala de espera* (1978) e *Katmandu* (1983). A ficcionista acumulou vivência literária na leitura, na tradução, na vida, e perspicaz observação das relações humanas no meio urbano.

Anna Maria considera um grande divisor de etapas o momento em que, ainda adolescente, se livrou dos romances água com açúcar para se jogar nos tachos do Nordeste. Aprendeu logo, com Graciliano Ramos, o despojamento literário. "Comecei fazendo poesia, mas logo me dei conta de que não era essa minha forma de expressão." Convicta da prosa e, por enquanto, da ficção de fôlego curto, Anna Maria persistiu, por mais de vinte anos, na busca do seu jeito de se expressar, com o peso exato da palavra, as situações ficcionais. Movida por uma insatisfação excessiva – muitas vezes inibidora – mantém um processo de criação sob constante vigilância, embora saiba o que quer dizer. "Preocupação fundamental, meu compromisso é com o ser humano. O homem, suas angústias, sua capacidade, suas limitações. O homem prensado por forças sociais, econômicas, morais ou psicológicas. O homem e seu estar no mundo."

O talhe certo dos contos de Anna Maria Martins pode até ser avaliado pelo processo de trabalho. De saída, investiga o fecho do conto. Parece-lhe a construção mais difícil. Um arremate para a cirurgia que faz no instante captado. Outro problema que enfrenta é a limpeza do texto: "Tenho horror à pieguice, à adjetivação açucarada (quanto ao tema, não me assusta o lirismo, não)". Anna Maria não se preocupa com os gostos do público, os modismos literários, quando está escrevendo. O que a impulsiona é a necessidade de transmitir uma ideia e estruturá-la numa escrita pessoal. A ideia pode significar uma sensação, um momento, uma história para ser contada. "De algum tempo para cá, tenho me valido de um certo tom satírico para exibir – denunciar? – circunstâncias, fatos e hábitos de uma determinada camada social, dentro do contexto urbano."

Burguesia e classe média. Já se disse que Anna Maria Martins constrói seus personagens (femininos ou masculinos) a partir desses estratos sociais. Ela não o nega. Vê e transfigura artisticamente todas as mazelas da sociedade de consumo, põe o dedo na ferida da asfixia dos hábitos e valores que regem essas camadas. Nesse sentido, não nega também que seja uma escritora engajada.

Como mulher-escritora, não demonstra nenhum preconceito de tema ou personagem. Componentes sexuais, comportamentos de jovens em relação a drogas, reações e valores de executivos, nada a assusta. A presentificação da realidade histórica que a cerca é sua arma. Ou, como afirmou o crítico Nilo Scalzo, a câmara com que foca o mundo. Um teleobjetiva de lente incisiva. "Isso me vem naturalmente, estou alerta perante tudo o que acontece, uma permanente atualização (vai ser difícil envelhecer), uma curiosidade a respeito de tudo." O estilo de Anna Maria Martins comprova a atualização até mesmo no uso das gírias jovens, e ela articula com segurança o confronto de gerações com suas formas de expressão e seus repertórios culturais.

A linguagem, a textura da frase – hoje muito madura – lhe vem com facilidade. O que a consome é a estrutura do conto. Os críticos brasileiros e estrangeiros (norte-americanos sobretudo) analisam frequentemente a densidade da atmosfera que caracteriza os contos de Anna Maria Martins, bem como a economia de recursos da frase despojada. No entanto, esquecem de acentuar outro dado essencial de seu estilo: o domínio dos planos de tempo e espaço, a fragmentação de blocos habilmente montados. A autora confessa a perseguição, à maneira da linguagem cinematográfica, musical e televisiva, dos diferentes ângulos das situações, dos personagens em ação. O que dá uma plasticidade muito particular ao exíguo espaço narrativo do conto.

A ficcionista não pode se queixar da crítica. Exceto uma ou outra rara observação restritiva, os comentários a saudaram logo no primeiro livro (1973) com entusiasmo. Fernando Goes, no jornal *O Estado de S. Paulo*, dizia então que "a densidade, a atmosfera noturna-soturna e opressiva que envolvem as pequenas narrativas, são bastantes para criar, em quem toma contato com elas, credibilidade suficiente para sentir e viver o universo ficcional de Anna Maria Martins". O crítico chama a atenção para a escritura tradicional e, ao mesmo tempo, a clareza, a objetividade na maneira de dizer, maneira de apresentar as coisas. Malcolm Silverman (professor de Literatura Brasileira na Universidade de San Diego, nos Estados Unidos) estudou a autora e escreveu em 1982 sobre a exatidão despojada com que a contista aborda a "cansativa banalidade da vida urbana". "Quer seja alegorizado, caricaturado, quer, como é habitual, refletido sob a perspectiva realista, seu mundo é mais o de extremas reações do que ações, um pessimista dobre fúnebre, prevendo formas múltiplas de sofrimentos físicos e mentais."

O mesmo estudioso assinala a introspecção, a janela interior em que Anna Maria lança seu olhar. Poderiam – alguns desavisados – associá-la ao intimismo de Clarice Lispector. Mas vem também dos Estados Unidos a justa interpretação. Elizabeth Lowe publicou na revista *World Literature Today*, em 1979, uma crítica em que distingue nitidamente as duas escritoras brasileiras. Anna Maria não parte e nem se fecha no interior de suas personagens. Ela retrata, no plano psicológico, as situações sociais ou as relações humanas. Nilo Scalzo, ao saudar o livro *Katmandu* (1983), assim resolve essa dialética psicossocial: "O texto de Anna Maria Martins é também um retrato obtido por uma câmara oculta e imparcial que apanha instantes e registra, por vezes até impiedosamente, os conflitos internos que espelham os desajustes e as contradições de toda uma camada social. É a consciência crítica da contista que indica o foco para essa câmara que passa assim, a captar flagrantes da vidas, descobrindo e expondo o conflito que se esconde por trás da aparente normalidade das coisas".

Anna Maria não se constrangeu com a proliferação do conto nos anos 70. Pelo contrário, ela sentiu nessa maré incentivo para criar. Leitora da literatura brasileira, portuguesa, latino-

-americana, europeia e norte-americana, sabe que cada época revela seus escritores. O domínio do conto afinal não foi assim tão determinante, pois no mesmo período ocorreu a gestação de ótimos romances, como os de Moacyr Scliar, Márcio de Sousa, Sinval Medina e Raduan Nassar. Admiradora do romance, fruidora da poesia, está contente com o que lhe cabe na narrativa de fôlego curto. Não a apoquenta se alçar para o romance. Mas pode acontecer. Naturalmente, como um ritmo novo exigido pela ideia que tiver de expressar. Mais uma vez lembra que é o assunto que dita a estrutura do livro.

P.S.: À distância de vinte e cinco anos, o texto selecionado para representar a obra de Anna Maria Martins no meu livro *A posse da terra – Escritor brasileiro hoje* tem um sabor de leitura coletiva. O conto "Júri de família" circula em cursos de graduação e de pós-graduação, em seminários e em oficinas de narrativa há mais de duas décadas. A fruição dessa joia literária começa pelo impacto emocional e se desdobra na admiração pela escritora capaz de sintetizar em treze linhas um universo ao mesmo tempo cotidiano e filosófico. Os sentidos que os leitores mobilizam surpreendem a cada grupo, a cada geração. Jovens estudantes, homens ou mulheres, alunos de programas de terceira idade partilham, constantemente, o deslumbramento e a profundidade do conto. Muitos os caminhos de interpretação, mas todos vão desembocar na condição humana. Alguns ainda insistem no fato de que a autora nos dá a perspectiva feminina, mas a corrente majoritária mergulha no mito que transcende a experiência dos gêneros. Você não imagina, Anna Maria, como você perturba e maravilha com minúsculo engenho artístico.

CREMILDA MEDINA

Obras da Autora

LIVROS PUBLICADOS

A trilogia do emparedado e outros contos, 1973 – Prêmio Jabuti (autor revelação), Prêmio Afonso Arinos (ABL)

Sala de espera, 1978

Katmandu, 1983 – Prêmio Instituto Nacional do Livro, 1984

Retrato sem legenda, 1995

Mudam os tempos, 2003

TRADUÇÕES

Arsène Lupin na prisão – Maurice Leblanc

A testemunha do processo – Agatha Christie

Justiça do acaso – Anthony Berkeley

O sorriso da Gioconda – Aldous Huxley

Deuses no exílio – Heinrich Heine

Thiel, o sinaleiro – Gerhardt Hauptman

O quarto mobiliado – O. Henry

Uma viagem sentimental através da França e Itália – Laurence Sterne

F. Scott Fitzgerald – Charles E. Shain

T. S. Eliot – Leonard Unger
Mark Twain – Lewis Leary
Pequenas revistas – Reed Whittemore
Cordéis desatados – Ray Bradbury
O segredo de Chimneys – Agatha Christie
Museu egípcio do Cairo
Passagem para a China – John Kenneth Galbraith

COLEÇÃO MELHORES CONTOS

Melhores contos Aluísio Azevedo

Melhores contos Aníbal Machado

Melhores contos Artur Azevedo

Melhores contos Ary Quintella

Melhores contos Aurélio Buarque de Holanda

Melhores contos Autran Dourado

Melhores contos Bernardo Élis

Melhores contos Breno Accioly

Melhores contos Caio Fernando Abreu

Melhores contos Domingos Pellegrini

Melhores contos Eça de Queirós

Melhores contos Edla van Steen

Melhores contos Hélio Pólvora

Melhores contos Herberto Sales

Melhores contos Hermilo Borba Filho

Melhores contos Humberto de Campos

Melhores contos Ignácio de Loyola Brandão

Melhores contos J. J. Veiga

Melhores contos João Alphonsus

Melhores contos João Antônio
Melhores contos João do Rio
Melhores contos Joel Silveira
Melhores contos Lêdo Ivo
Melhores contos Lima Barreto
Melhores contos Luiz Vilela
Melhores contos Lygia Fagundes Telles
Melhores contos Machado de Assis
Melhores contos Marcos Rey
Melhores contos Marques Rebelo
Melhores contos Moacyr Scliar
Melhores contos Orígenes Lessa
Melhores contos Osman Lins
Melhores contos Ribeiro Couto
Melhores contos Ricardo Ramos
Melhores contos Rubem Braga
Melhores contos Salim Miguel
Melhores contos Simões Lopes Neto
Melhores contos Walmir Ayala

Impresso por :

gráfica e editora

Tel.:11 2769-9056